칼바람 몰아치는 벼랑에서

— 단란한 삶을 꿈꿨던 김기삼 반생기

칼바람 몰아치는 벼랑에서
―단란한 삶을 꿈꿨던 김기삼 반생기

초판 1쇄 인쇄   2019년 7월 9일
초판 1쇄 발행   2019년 7월 16일

지은이   문창후
펴낸이   김경희
펴낸곳   (주)지식산업사
        파주본사 10881, 경기도 파주시 광인사길 53 (문발동)
        전화 (031) 955-4226~7   팩스 (031) 955-4228
        서울사무소 03044, 서울시 종로구 자하문로6길 18-7 (통의동)
        전화 (02) 734-1978, 1958   팩스 (02) 720-7900
등록번호 1-363
등록날짜 1969년 5월 8일
누리집   www.jisik.co.kr
전자우편 jsp@jisik.co.kr

ⓒ문창후, 2019
ISBN 978-89-423-9069-4 (03810)

책값은 뒤표지에 있습니다.
이 책에 대한 문의는 지식산업사로 해 주시길 바랍니다.

단란한 삶을 꿈꿨던 김기삼 반생기

칼바람 몰아치는 벼랑에서

문 창 후

지식산업사

차례

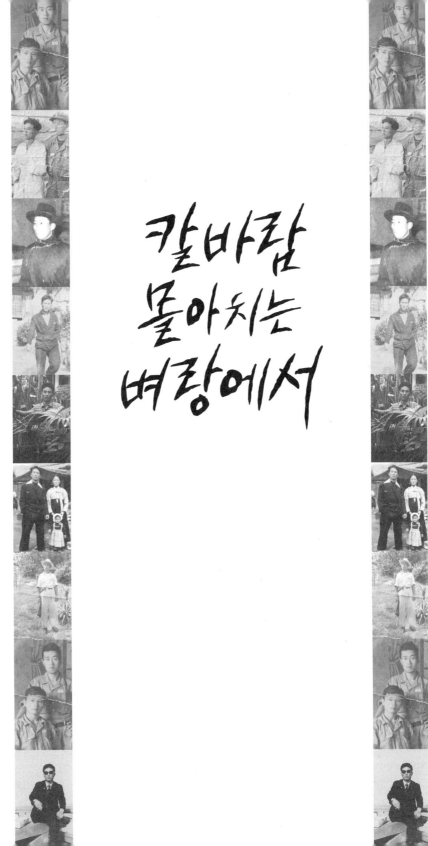

칼바람
몰아치는
벼랑에서

序 _서

"피고에게 무죄를 선고한다"

재판장 장병우의 선고 마지막 한 마디가
법정 안의 허공을 채운다

늦은
너무나 늦은 진실이
이제야 온 것
기어이 온 것
잔악한 거짓이
한 시대의 암흑이
한 시대 국가의 야만이
한 무고의 생애를 송두리째
망쳐버린 나머지
이제야
이제서야
그 철통 속의 거짓이 벗겨져
푸른 하늘 한쪽으로 열린 것
기어이

내 푸른 하늘로 열려
내 파묻힌 진실이 온 것

김기삼은 무죄다

이 한마디 선고 앞을 쓰라린 늦골로 돌아본다

"김기삼을 국가보안법·반공법 위반 및 간첩죄로 유죄 선
고한 원심판결을 파기한다"
결연한 선고 내용이 동지같이 하지같이 뚜렷하여라

때   2009년 10월 22일
곳   광주고법 제1행사부
재판장   장병우
판사   양영희
판사   이효재

바야흐로 한반도 현대사 풍운 속을 통과한
한 무명의 생애가 모독을 떨쳐
세상의 실명實名으로 복원된다

무죄라는 기적
무죄라는 기적 아닌 기적
땅속에서 솟아난 세월 저쪽에서
하늘에서 쏟아진 세월 이쪽으로
29년 몽매夢寐의 통한痛恨 지나
그 기적의 한낮이 왔다

새로운 햇덩어리 아래
내가 일어섰다
내 아내와
내 딸과 아들들 벌떡 일어섰다

이내 심신으로
이내 세상살이로

언제나 손가락질 사나운 눈초리로부터 벗어나
이제야 벌떡 일어선 가족으로
몇 번이고 옮기고 옮겨 다닌 뿌리 뽑힌 집으로 돌아온다

그날 밤은 아내가 부엌에서 소리 죽여 울었다
딸이 마당의 어둠 속에서 소리쳐 울었다
기쁨에도 울음이 있어야 한다
온 가족의 그날 밤은
다른 것은 아무것도 없다 오직 울음 이것

이로부터
두둥실 떠오르는 감회 속 기쁨
다음날 가을 아침 눈부신 햇빛의 기쁨
이로부터 햇빛은 나의 햇빛
이로부터 저 앞바다는 나의 바다 내 자식의 바다

자유여 오라
바람이여 파도여 오라
어서 오라

내 타버린 가슴 속
다시 돋아나는 푸른 날들로 이서 오라

이제야
한 국가는
국가의 폭력으로부터
한 국민을 억울로 억울의 잿더미로 파묻었다가
이제서야
파헤쳐 일으켰다
한 국가는
국가의 악으로부터
한 시민의 피어린 양심을 지켜냈다

저 1980년 12월 8일 이른 아침
일터로 출근하는 김기삼이
난데없는 중앙정보부에 강제 연행된다
영문 모른다
영문 모른다

인천 앞바다 온통 무거운 잿빛

영문 모른다
중앙정보부 인천분실이 아닌
다른 곳으로 호송된다
영문 모른다
전혀 영문 모른다

현주소 인천 시가지 지나
등 뒤로 멀어져간다
가족들로부터 멀어져간다
내 옆의 좌우는
난폭한 간첩 담당 수사관
무지막지한 거한들
가운데 자리의 나
무자비로 옥죈다
그날 오후
고향 광주 어딘가에 이르렀다

중앙정보부 광주분실 지하실

나 김기삼뿐이 아니다

옆방
옆옆방에서
누군가의 비명이 찬다
그런가 하면
누군가의 쇠뭉치 공갈이 가득 찬다
차츰 추측한다 공포 속 대뇌가 번개 쳐 회전한다

본적지가 광주이거나
고향
출생지가 전남이거나 한 자들
그자들이 고향 떠나
서울이나 인천

기타 지역에 거주하는 자들
임의로
또는
무작위로 골라
북괴 간첩단으로 조작하는 것
1980년 5월 광주항쟁을
북괴 지령으로 일어난 사건의 보강으로 조작한다
그 사건에 간접으로 기여한다
아니
광주를 공수부대 학살로 진압한
신군부 전두환의 군사 만행을
북괴의 음모로 날조
국내
해외 여론을 바꿀 사건으로 날조한다
그것이 아니라도
그와 유사한 간첩 사건이면
그 정황情況 조성으로 광주사태 타개를 시도한다

유신정권 유지의 핵심
중앙정보부가
신군부 유지의 핵심
국가안전기획부로 개명된다
약칭 안기부
이전의 중앙정보부에 질세라
더 악독한
더 교활한
안기부로 태어난다

어쩌면
그 사업의 중대한 임무 하나로
김기삼 일당 간첩사건이 더해진다

광주 지방 간첩단사건

김기삼뿐 아니다
김기삼의 아내도
안기부 광주분실로 강제 연행된다
남편 잡혀간 사흘 뒤였다

가정주부
부엌에서 밥상 차리는 일 말고
아이들 연년으로 낳아
길러내는 일 말고
세상 물정 전혀 상관없는 주부가
영문 모를 지하실에서
난데없는 고문에 시달리다
20년 이전의 한 사건까지 토해낸다
1958년 여름인가
한국전쟁 당시 월북한
남편 김기삼의 사촌 김장남이
어찌어찌
고향으로 찾아온 것 토해낸다
남편이 집에 없을 때 찾아와
하룻밤을 재워달라고 한 것을 토해낸다

안기부 광주분실은
이 주부의 자백을 큰 수확으로 파악한다
옳거니
옳거니
옳거니 대박이로다
이 북괴 간첩을
광주사태에 접착한다 좋다 좋아

막연한 조작사건에서
근거 확실한 조작사건으로 격상된다
이제 광주분실 지하 8호실 김기삼은
간첩단 주모자로 되어
그날부터
낮이나 밤이나
고문의 모든 종류 동원

방망이질이다 방망이 매타작이다
태형인가
마구 두들겨 맞는다
아이쿠
아이쿠
아이쿠
아이쿠
아이쿠
나중에는 아이쿠 소리도
절규 비명도 없이
어릴 때 젖 먹던 근원의 울음 끝도 없이

오직 살점 떨어져 나가며
맞고 맞는다
뒤집히다
뒤집히다
엎어지다가 말다 팔다리 뻗어버린다

물고문이 온다
매운 물이 콧구멍으로 찬다
목구멍 막힌다
숨 막힌다
숨 막혀
팔다리가 움직이다 만다

매달린다
매달린다
거꾸로 매달린다
온몸의 피가 쏟아진다
머리통이 터지기 직전
눈알 충혈
귓속 적막
입안 작열

전기고문 팔다리가 뜨르르 뜨르르 떤다 염통 탄다

무슨 고문
무슨 고문
무슨 고문

또
무슨 고문 대령한다
생존은 고통의 극단이다

실신하면 으레 냉수 한 수대 퍼붓는다
쇠사슬로 묶여 거꾸로 매달린 몸
살아난다
죽고 싶다 아니다 살고 싶다 아니다 어서 죽고 싶다

고문의 종류 바뀌는 동안
그야말로
온 나라와
온 하늘이 함께하는
가로되
천인공노로 가공할 간첩 사건이 굳어진다
이러기를 며칠인가 몇 주인가
바야흐로
안기부 광주분실로부터 보고된 사건 조작이
서울 본부의 공식 발표에 이른다
이러기까지 고문의 나날은 끝날 줄 모른다

이제 광주사태 북괴 공작 정황이
확실한 사건이 되고 만다
최소한
광주사태의 배경 사건이 되고 만다

가로되

간첩 김정남에게 난수표와 난수표 해독표를 받는다
수시로 A-3 지령을 오밤중에 듣는다

한국전력 인천 지점 검침원 근무로
군사 기밀과
항만 기밀을 탐지 수집한다
산업 기밀도 수집한다
또 지령을 받아
친목계 동심계에 가입
한전 인천지점 노조 산하
부평분회 복지부장으로 활동
노동투쟁을 도모한다

위와 같은 간첩 활동으로
새로 시작하는 정부를 부정하는 사회 변란을 도모한다

국내 모든 신문 1면 대서특필된다
모든 TV, 라디오 특별방송으로 방송된다

1980년 10월 이래
1981년 1월 16일 구속영장이 나올 때까지
하루
하루
실시간의 고문으로
김기삼의 건장한 체구는
반死시체로 바뀐다
갇힌 해골 신세로 목숨만 간당간당 붙어 있다

1981년 3월 4일
검찰 구속 기소

국가보안법 제4조(군사 목적 수행)
형법 제98조(간첩) 제1항
반공법 제4조(찬양,고무등) 제1항 위반죄로 기소한다

쉿

소가 웃을 허위극
소도 웃지 못할 날조극

드디어 1981년 6월 18일
광주지방법원의 선고
김기삼 징역 10년 자격정지 10년

어이없는가
터무니없는가
아니
이것이 어느 나라 미친놈의 판검 나으리 굿판인가

나는 절반의 병신으로
나를 절반의 시신으로
그러나
그러나 나는 끝까지 간첩을 부인한다
자백서 불러주는 대로 쓰라고
자필 진술서 백지 위에

내 머리통을 눌러 찧어대지만
나는 죽도록 거부한다
그제도
어제도
오늘도 거부한다
내 등짝 살점 너덜너덜 핏줄 터져도
나 간첩 아니오
이 한 마디 내뱉는다
그러자 정신 고문으로 바뀐다

내 아내 잡아와
옆방에 데려다 발가벗긴다
마구 두들겨 패는 동안
내 아내 비명을 듣는 고문으로 나아간다

팬티까지 다 벗겨
이년 아직 탱탱하군
이 XX로 간첩 놈들 여럿 호강시켰어

욕설과 구타로
아내의 비명과 치욕의 오열
옆방의 나에게 고스란히 들려온다

그러다가 모진 하루 끝나면
광주분실 인근 경찰서 유치장에 재운다
다음날 다시 데려온다

이년 또 벗겨
이년 간첩 여편네 다 벗겨
또 하루가 모독의 잔치로 끝나면
다시 경찰서 유치장에 처박는다

아내뿐이랴
셋째 아들 김동원은
광주 비행장 미사일 부대 ROTC 장교로 복무 중인데
막내아들 김동수는
전방 15사단 병사로 복무 중인데
각각
휴전선으로 끌고 가 죽이겠다 협박을 반복한다

더 이상 나는 진실만을 주장할 수 없었다
더 이상 내 아내 내 아이의 고통
그대로 둘 수 없었다
나는 견디지 못한 채 빌었다
아내 풀어달라 제발
아이들 살려달라 제발

나는 자필 자백 진술서 용지에
불러주는 대로 칸을 메운다
엄지손가락 도장도 찍는다

그제서야
아내는 경찰서 유치장을 나갔으나
광주 시내

내 누님 집에 주거 제한으로 머물라 한다
매일 감시의 대상
걸핏하면 데려다 심문을 일삼는다
그러기를
1심 재판 선고 당일까지 지속한다
이런 악독한 수모 다 받은 나머지
아내는 인천의 빈집으로 돌아간다

나와
내 가족
내가 사는 세상 산산이 부서진 채
내 이름은
북괴 간첩 김기삼이 되고 만다

나는 죄수복 속 피 절은 속옷 꺼내 흔들면서
판사에게 소리쳐
이렇게 피 칠갑 고문에 의한
거짓 자백
강요 자백인 것 드러냈지만
판사 영감
어, 어 저것 어 저것
하며 입을 다물고 만다
법정에 군림한 안기부 눈치만 본다
나는 이 폭로로
다시 안기부 끌려가
죽도록 맷집이 된다
장기간 고문으로 사지가 너덜너덜

교도소 빨갱이칸 감방으로 돌아온다

이 조작 간첩극 1심 완결의 희극에 그대로 따를 수 없다
나는 동년 7월 28일 항소한다
1심 재판 당시에도
항소 전에도
항소 후에도
안기부는 감옥까지 제집으로 삼아
들락날락
안기부 발표 그대로 진술하라는 협박
이런 곤경 속
나는 기어이 항소 이유서를 제출한다

1981년 11월 5일 2심
광주고법은 징역 7년 자격정지 7년을 선고
3년 깎아준다
이 무슨 장난인가
나는 즉각 12월 11일
대법원에 상고한다
명명백백 무죄 주장으로
상고 이유서를 제출한다 밤은 길다
다음날 하루도 길고 길다

그러나 전두환이 임명한 대법원장
그리하여 전두환 사진 걸린 대법원장실
그 대법원이다
바로 상고 기각 2심 확정 그대로

7년 징역 7년 자격정지로 확정한다

이제 법의 이름으로
더 이상 이의 제기 불가능
나는 간첩 기결수로
광주교도소 붉은 딱지 붙는 흉악범
무시무시한 역적 간첩감방 죄수가 된다
이제부터 나는
7년 동안 간첩 기결수로 갇혀 있다가
여생을
간첩 신세로 살아야 한다
여생을
광주사태 북괴 세력으로 살아야 한다

좋아라
얼씨구 좋아라
전두환 신군부 정권이야
나와 함께
김기삼 일당 간첩사건을
광주학살 만행을 정당화하는
상황 반전으로 삼는다
김기삼 일당 간첩단 사건을
재판 이후에도 자주
시국 표면에 등장시켜
광주의 북괴 공작 분위기로 그럴싸하게 활용한다

광주교도소

특별사동 감방 속칭 빨갱이 소굴
1평 반짜리 철창은 쭈르르 이어졌다
각종 좌익 사범과
광주사태 관련 양심범들 하나하나와 알게 된다
광주항쟁 중요 인물 정동년이나
광주학생운동의 중심인물 박석무나
한 동棟의 옆방 옆옆방
이따금 통방通房으로 위로한다 위로받는다 마주친다

'고생하시오'
'고생하시오'
이것이 감방 복도에서 스칠 때의 인사

1982년이 온다
1982년이 간다
1983년이 온다 한다
1983년이 간다 한다
1984년이 온다
1984년이 간다
수인번호 빨간 딱지 605번으로
여름 삼복더위가 오고
겨울 영하 16도 추위로
섰다 앉았다
섰다 앉았다 한다
고문 후유증으로
서다가 만다
한동안 앉다가 만다

이런 세월로
1988년 광주교도소 만기 출소

나의 입은 굳게 굳게 닫혔다
자리보전하다가 일어난다
병약해진 아내가 차려낸 밥상 앞에서
나의 입은 열린다
열려
한술 밥이 넘어간다
밥상 물리고 나면 입은 다시 열릴 줄 모른다
나의 침묵은
나의 유일한 선택이고
세상의 강제이다
나의 입은 그렇게 꽉 막혀야 한다
침묵 강제된 낮과 밤만이 나에게 허용된 시간
억장 무너지는 세월
60세 간첩 전과자 김기삼은
어느 거리도
어느 세상도 없는
인간이되 비인간
국민이되 반국민
죽을 때까지
아니
죽은 뒤에도
나라와 사회의 배반자 그것일 뿐

오직 나는 궁핍의 가족들로

삭은 울타리 안 가족의 숨결로 살아간다
원한 통한의 세월로 살아온다
고문 후유증 견디며
몹쓸 가난
몹쓸 냉대 학대 무릅쓰며
내 억울한 세월을 원한 사무쳐 살아간다

드디어 신군부 전두환 정권이 물러난다
군민 열화로
박정희 유신헌법 개정으로
국민 직접 선거로 돌아가
신군부 제2인자 노태우의 시대가 열린다

그동안
광주민주항쟁 몇 주년이 더하면서
전두환 일당의 학살 실태
하나둘 밝혀진다 숨겨진 것 어스름하게 드러난다
철통 통제
철통 금기 무릅쓰고
신군부 만행이 조금씩 드러난다
무능의 노태우 시대 5년이 간다
이어서
그들과 결탁한 김영삼이
문민정부를 연다
박정희 체제 이래 다져진 군부 핵심을 과감하게 해체한다

이어서

대망의 김대중 민주주의가 이루어진다
이로부터 광주 망월동 5·18묘지는 성역이 된다
한국 민주주의의 중심이 된다
저 1960년 4월혁명
서울 수유리 4·19묘지와 함께
국내에서 해외에서
한국의 자유와 평화 그리고 인권의 표상이 된다
또한 한반도 남과 북의 공존이 싹튼다
개벽이다
김대중 정부를 이어받아
놀라운 노무현 시대가 열린다

이제 광주 민주주의는
저 1979년 부마항쟁과 함께
오늘을 이끌어가는 현대사 제1이념

때가 무르익는다
늦어버린 때가 무르익는다
2007년 7월 4일
노무현의 시대
대통령 직속 진실위원회가 활짝 문 연다
그동안
깊이깊이 파묻힌 것
그럴수록
기어이 파헤쳐야 하는 것
그 짓밟힌 진실
그 쭈그러진 진실

다시 펴서
제 모습 갖춘 진실
저 해방 이래
땅속 깊이 묻힌 진실들 되찾기 시작한다
제2공화국 이래
태워버린 잿더미 속 무덤 속 거기
진실의 넋들 찾기 시작한다

그 숱한 진실 중 하나
여기 있어라

김기삼이
상피고인相被告人 하나하나 후유증으로 죽은 뒤
이제 달랑 홀로 남아
악독한 간첩 사건의 허위 밝혀질 때가 왔는가
나는 혈혈단신으로
나는 혈혈단신의 이름 김기삼으로
세칭 과거사 진실 규명을 신청한다
다 세상 떠나버린 뒤
고문 후유증으로
감옥 후유증으로 고인이 된
소위 김기삼 간첩단 일당 다 묻힌 뒤
오직 생존자 김기삼 하나로
김기삼 간첩단 사건이 아닌
김기삼 사건이 된다
2006년 7월 4일 신청한 뒤
2007년 9월 18일

김기삼 사건 조사가 의결된다
신청 1년 만의 결정
그 뒤로
광범위 조사가 진행되어
2008년 2월 12일
진실화해위원회의 공식 발표가 이루어진다

중대한 인권 침해에 해당된다
기필
진실 규명이 있어야 한다

이 판결이
실정법으로 나아간다

어느덧 80세의 김기삼은 즉각 재심 청구한다

다음 해 2009년 8월 19일
만 1년 만의 재심 결정
마침내 10월 22일
지난날의 잘못된 원심 파기
무죄!
나는 세상에 대하여
이제야 기우뚱 일어선다
일어서서
내 이름 김기삼으로
내 아내와
내 아들딸과 더불어 선다

이로써 무죄 81세의 통한을 마친다

오늘 2009년 10월 22일 밤
광주 시내
어느 여관의 한 객실
나는 아내의 흐느끼는 등을 다독인다
나는 비로소 떳떳한 아비로
울음 터트린 딸들을 달랜다
인천의 아들에게 장거리 전화로
벅찬 소식을 알린다

이제 너희들은 정정당당하다
그동안 애비의 일로
너희들이 얼마나 불행했느냐
어디 그뿐이랴
한밤중의 여관방 벽
낡은 산수화 한 폭에도
내 마음의 무죄를 아로새긴다

이제 더 이상 간첩 두목도 간첩도 아니다
누구나의 평범으로
누구나의 일상으로
돌아온 한 무명의 국민 일원一員일 뿐

그러나 늦었다 너무 늦었다

모두 고인이 된

소위 '일당' 들의 생전 고난을 추도한다
서로 아무런 상관없는 사이
또는 먼 친척이나 안면 있는 사이
서로 모르는 사이
어거지 일당으로
함께 엮여져
간첩단 죄수로 옥중 동지가 된
그네들의 고난을 추억한다
그네들의 무죄로
내 무죄가 이루어진 것
그네들의 무죄가 이루어진 것
고이 잠들라
고이 잠들라
그 온몸의 원한 다 두고 잠들라

그날 밤 잠 설쳐
신새벽녘
어디선가 닭 우는 소리 들린다
환청幻聽인가
아닌가

내 무죄는 무죄 이후
한 움큼 회한으로 내 오장육부 무겁다
다시 한 번
재심 판결 끄트머리를 반출한다

"피고인은 한국전쟁에 참전하였다가 부상당한 원호대상

자로써 국가보훈처의 주선하에 한국전력 검침원으로 취직하여 직무를 수행하였던바, 이 사건은, 국민으로부터 생명과 재산을 보호해 달라는 위임을 받은 국가가 그 의무를 저버린 채 피고인이 월북·남파자인 친척을 만났다는 약점을 잡아 피고인을 불법체포하고 고립무원에 빠지게 한 다음, 국가 스스로 제공한 근로의 기회를 살려 건전한 시민으로 살아가던 피고인을 모해한 것으로밖에 볼 수 없다. 수사 및 재판의 형식을 통해 피고인의 인권이 침해된 정도가 너무나 중대하고, 원심 판결의 사실인정에 판결에 영향을 미친 헌법·법률·명령 또는 규칙의 위반이 있음이 명백하다"

단조로운 법률문체의 선고 부연설명을 듣는 동안
지난 생애 80년 이상의 세월이 밀물처럼 밀려와
나는 제대로 서 있을 수 없어 털썩 걸상에 주저앉는다

어제의 나 재심 판결 법정의 나
이 먼동 틀 무렵
나는 누웠다가
허리를 세운다
내 몸은 무중력 상태로 떠오른다

남은 삶이여 오라

1.

나 세상에 태어난다
나 조선에 태어난다
나 조선이 일제 식민지 십 년째에 종살이 백성으로 태어
난다
임금 죽여
새 임금 허수아비 앉혔다가
그것도 없애버린 뒤
통감 땡감 이어
총독이 건너와
조선 삼천리
조선 민족 이천만을 노예로 부려먹는다
여기 나 노예의 자식으로 태어난다
조선 전라남도 호남선 기적 소리
그 일대의 비산비야
멀리 무등산이 동쪽인 곳
극락강 휘감은 곳
광산고을 주월마을 초가삼간에 태어난다
을축갑자로
1929년 기사년己巳年 3월

그리하여
내 이름이 기사년 삼월생으로 기삼이 된다
내 민적民籍은 사실과 달라
그해 6월 13일에야
아버지의 늦은 출생신고로
뒷날의 주민등록번호 290613이 된다
다만
이런 출생 오류 전
아버지의 작명 '기삼'
내가 태어난 해와 달이
나의 낮이고
나의 밤이다

아버지 김병후金秉厚
어머니 최고촌崔古村
아버지는 집을 짓는 건장한 목수
우리 마을 주월리에서
대처 송정리까지
멀리 화순까지 집 지으러 간다
어머니는
집 안팎과 남새밭과 몇 뙈기 논밭으로
하루하루 보내며
머릿수건을 벗는다
이런 집에서 나는 자란다
여덟 살 그해 갑자기
시름시름 누운 아버지가 세상을 떠난다
어린 시절의 기억 하나

마을 어른들 사이
싸움이 벌어지면
논의 물꼬 싸움
걸핏하면 연장 없어진 싸움
막걸리 추렴 끝 술주정 싸움
이런 싸움 멱살잡이 뜯어말리는 아버지였다
아니
싸움질한 두 사람이
아버지한테 와
그리하여 아버지가 낸 판결대로 따른다
어린 내가 들은 아버지의 따뜻한 목소리
기택이 자네가
이번에는 잘못이네 사과 술 내게
비 온 뒤
땅이 더 단단해지네

나는 홀어머니 품 안에서 거친 치마폭에서
아버지 없이
서산 너머
광산들 건너
지는 해를 아버지 삼아 보낸다
뜨는 달을 아버지 혼령 삼아 맞는다
해가 갈수록
아버지 없는 가난 골짝
자라나는 아이들의 입에
죽 한 그릇 없는 밤이 늘어난다
옷이 없는 겨울

차디찬 방고래 헌 이불 속 이빨들 떤다
어머니는
아무리 가난한 하루하루라도
아무리 모진 세월이라도
아버지가 애지중지하던
대패
톱 작은 톱
그리고 먹줄통과 끌 몇 개의 연장통은
벽장 속에 간직한 지 오래
집안 재종 시아재가 와
그전에
병후가 목수 노릇으로 쓰던 연장들 팔면
보리 몇 가마
쌀 두어 가마는 되니
이참에 팔지 그러오 지수씨●
어머니는
아무런 대꾸 없이
마른 눈에 독한 눈물 한 방울 맺는다
나 열 살 때인가 아홉 살 땐가
이런 서러운 기억 하나

내 고향 마을은 누가 줄 치고
금 그어 만든 마을 아니다
나지막한 언덕배기 아래
그 기슭 잔솔밭을
뒷동산으로 삼고
남동쪽

● '제수씨'의 입말.

38

남서쪽
하루 내내 햇볕 도는 쪽으로
쪽 마당 앉혀
초가삼간 세운다
저 만 년 전 조상들이
한 떨거지로 열매 따 먹을 때
한 떨거지로 뿌리 캐 먹을 때
1백 명 안팎으로 모듬모듬 지은 이래
몇천 년 후의 내 고향
조선 남도
한겨울에도 뚝새풀 푸른 곳
보리밭 언 땅 어린 보리 잎새들 푸른 곳
그 1백 명 안팎으로
마을 사람들
광산김씨 토박이 아니어도
어디 어디서
굴러온 타성바지 피씨, 팽씨여도
서로 괄시 모르고
성님 아우로 정다운 마을
가난이면 가난으로
설움이면 설움 그것으로 세월 네월 살아온다

이미 내가 다섯 살 적부터
이 세상의 지붕 같은
이 세상의 기둥 같은
아니
우리 마을 앞산 같은 아버지가 덜컥 자리보전으로

하루하루 병 깊어 간다
그토록 힘센 아버지
그토록 통나무 번쩍 들어 올리는 아버지
다음날도 다음날도 구들지기로 앓아누웠다

아버지 목수일로 사는 삶
몇 마지기 논도 팔고
몇 뙈기 묵정밭 비알밭도 넘겨져
아버지의 허벅다리 곪아
누런 고름 빨아내야 한다
어머니 혼자
이 품
저 품 팔고도
지아비 병수발에 새끼들 입에 풀칠 팍팍하다
아버지 허벅지 썩어 가는 증상
병원 수술 엄두도 못 내
집안의 치료라고
긴 나뭇가지 끝에 솜 감아
거기에 고약 찍어 발라
허벅지 썩은 구멍에 꽂아 넣는 일이
내가 하는 아버지 병수발
누런 고름이
어느 날부터 검붉은 고름이 된다
이젠 아버지 거동
앉지도 못하고
하루 내내 누워 지낸다
내가 마을 이모저모를 들려드리는 것이

아버지의 유일한 궁금증 풀이
밤 이슥히
건넛마을 품 팔고 온 어머니가
건넛마을 최 영감네 이야기
무슨 이야기 말하는 것이 세상 소식 아닌가
그런 날 밤에도
아버지의 된 가래 받아내기가
졸음 물리친 내 일 아닌가
마을 어른들이 말한다
이제 우리 주월리에는 판관判官이 없네그려
기삼이 아재가 저리 방고래 지고 있으니
마을 싸움이 일어나도
그 싸움 해결할 수 없네그려
이런 말도 차츰차츰 들리다 만다
아버지는 그 썩어 가는 병 그대로
눈 뜬 채 숨 멎는다 극락인가 어딘가
아버지
아버지
아버지
어머니가 영감 영감 하다가 흐득흐득 등짝으로 울며
손바닥으로
뜬 눈을 감긴다

뒷방 달아내는 목수
돼지우리 짓는 목수
외양간 짓는 마을 목수의 저승길
그리하여

41

마을 초상으로
마을 전체가 아버지 장사 지낸다
아버지 김병후는
팔남 삼녀 중 일곱째 아들인데
나는 아버지 어머니의 막내로 태어났다
열두 살 차이 형 회열會烈
여덟 살 터울의 누나 공숙公淑 아래로
늦둥이 나
이제부터 아버지 없이 자라야 한다

나는 훈장인 큰아버지의 집 별채
서당에 다니기 시작한다
사촌 형제들 조카들
그리고 이웃 마을 총각이나 코흘리개 또래들
한문 공부 하루하루
천자문반
동몽선습반
소학小學과 명심보감반 등
여러 층의 외우기 공부
나는 차츰 이런 답답한 공부가 싫다
이미 한 번 읽은 것들 다 내 머릿속에 들어

농렬아 어제 익힌데 외워 보아라 하는
훈장의 말 떨어지자마자
법증율 법증여 하고 달달 외워낸다
내 아명兒名 농렬은 이내
큰아버지 서당의 신동神童으로 알려진다

책 펴놓고 뒤로 돌아앉아
벽을 보고 한 자 한 자 외운다
허리 굽혀 외운다
외우다 막히는 아이
훈장의 회초리 맞는다
바짓가랑이 걷어 올린 맨 종아리
한 대
두 대
서너 대 맞으면 핏줄 맺힌다

큰아버지는 내 외우기 맞히면
한마디 혼잣말 구시렁댄다
영락없이 애비 타겼다
니 애비는 뭣이고
다 외우는 사람이었다

다음 구절 외워라

천고일월명天高日月明 하늘 높으니 해와 달 밝고
지후초목생地厚草木生 땅 두터워 풀과 나무 나는도다
이런 천자문이나 소학도
나의 머릿속에 환하다
한 번의 복습도 없이
한번 읽으면 다 들어와 내 것이 된다
아버지 생전
자리보전 누워서
우리 막내놈 기삼이 칭찬이 입버릇

나는 우리 집의 자랑거리

형과 누나 없을 때
어머니가 나직한 목소리로 힘주어 말한다
기삼아
너는 니 아버지 빼다 박았다
너는 무엇이든 한번 알면 다 외워버린다
주월리 신동이라고
동네 할아버지들 입 마르게 너를 칭찬한다
너는 아버지 몫까지
굳은 바위로 살아야 한다
이 말끝
어머니의 눈에 눈물 어린다
어머니의 볼에 눈물 흐른다 나도 눈물 아롱진다

그러나 나는 마을에서 몇 마을 건너
새로 생긴 보통학교에 들어가기 전
하필이면 무서운 돌림병에 뻗어버린다
극심한 장질부사를 앓기 시작한다
죽을 고비
위험한 고비 넘기면서
머리카락이 다 빠져나간다
못 먹은 몸에다
오래오래 앓은 몸이야
뼈에 가죽만 붙는다
나는 해골 아이가 되어 죽어간다
어머니는

삽시간에 남편 잃고 막내마저 잃을 지경으로
품 팔러 가도
품 팔러 가도
홀어머니 신세에
자식 잃을 신세로 웃는 낮 모른다
동네 아낙네
우리 동네 신동 살려야 한다는 위로도
부질없는 한낮
먼 데 언덕 쑥국새 소리 처량하여라

나는 아버지 대신으로
열두 살 형 아래서
형수의 지극한 병수발로 병세가 호전한다
머리카락이 다시 돋아난다
이 죽어 나가는 병
이 무서운 병으로도
나는 죽지 않았건만
앓고 난 뒤
걸음 헛디디며
머릿속 암송 기억 다 빠져나갔다
마을 신동이다가 마을 천치가 되어 갔다
내 빼어난 기억력은 다시 돌아오지 않는다
나는 위급 증세 뒤
방안에서 간신간신 선다
토방 아래
마당 닭벼슬꽃 앞에 선다
이제 나는 살아난 것

다시 세상 속 조심스레 살아가는 것

다음 해 나는 광주 무등산자락
서석국민학교에 들어간다
집에서 밭길 지나 논두렁 지나
먼 등굣길
집의 초라한 마을에서
삐까번쩍한
광주 시가지 거리를 지나간다
나의 수업 시간은 열등생의 시간
병을 앓은 뒤로는
더더욱 공부라는 것 싫다
그래서
누군가와 만나 놀기 시작한다

내 총기
장질부사 앓기 전의 내 총기
다 빠져나간 대신
내 어린 성정性情이 나 자신도 주체할 수 없이 거칠어진다
공부 때려치운다
학교 교실 싫다
그 대신 학교 오가는 길목이
내 무대
내 세상

한 마을 주민으로 대성국민학교 교장도 있는데
그 교장의 장남 김기성이

나보다 두 살 위인데
나하고 단짝이 된다
또한 내 육촌 형 김성남도 두 살 위인데
나하고 단짝 된다
나보다 큰 기성이나 성남이
언제부턴가 나를 조근조근 따른다
기성이 형 쌀하고 반찬 가져와
성남이 형은 냄비랑 그릇 가지고 와
나는 알다시피
세 발 장대 내둘러 보아도
거칠 것 없어

셋이 다 학교 수업 빼먹기 한 번 두 번 아니라
아예 연달아
이틀이고
사흘이고 작파한다
집과 학교 사이
호젓한 잔등 솔밭 골짝
후미진 자운영 논두렁 가생이
냄비 걸고
쌀 붓고
물 부어 밥을 안치고
김치랑 밑반찬이랑 꺼내 놓고
한바탕 먹기 잔치를 벌인다
어느 때는
기성이네 막걸리도 훔쳐와
한 잔 두 잔으로 취흥이 나 흥얼거린다

낮잠 한소끔 늘어지게 잔다
우리는 이런 불량 학생 놀이를 농땡이 교실이라고 한다
껄껄껄 중국 수호지 호걸로 헛웃음 친다

어찌 이런 일탈 이런 비행 오래이겠는가
정작 어머니나 형은 전혀 모르건만
담임 선생에게 불려가
두어 번 호된 훈계 듣다가
결국 교장실에 끌려간다
한 동네 교장한테
바로 기성이 아버지한테 끌려나가
세 놈이 단단히 혼난다
무릎 꿇고
두 팔 들어 올리고
한동안 벌 받다가 풀어준다
다시는 수업 빼먹어 보아라
그때는 즉각 퇴학
이런 으름장 놓아 풀어준다
그런 뒤
교장은 나에게 싱긋 눈웃음치더니
너 이놈 기삼이 놈
나이가 위인 형들을 좌지우지하다니
너 이놈 보통내기 아니로구나
누가 너를 잘 이끌면
장차 큰 인물이 되겠구나
넌지시 담임 선생님에게 특별 수업 지시한다
저놈 잘 가르쳐

후에 큰 인물 만들라 한다

그러나 나는 그 교장 성남이 아버지 예측대로
큰 인물은커녕
작은 인물도 될 수 없는 형편
찌든 가난으로
그나마 다니던 학교도 가까스로 명줄 이어 간다
졸업하자마자
나는 가족을 먹여 살려야 한다
그야말로
홀어머니 아래
무능 방탕한 형 아래
하루하루 밥벌이에 나서야 한다

나이 많은 형님도 형수도
어이할 수 없는 가난뱅이
일찍 시집간 누나도 가난뱅이
아직 젊은 홀어미와 어린 나
사방 휑뎅그렁한 가난뱅이
그러므로
하루도 남의 일이나 무슨 일이나
손 놓을 수 없는 가난뱅이

몇천 년 기나긴 세월 이래
내 고향은 오랜 가난으로 살아왔지만
이런 가난뱅이 마을 안
한 집

두 집이 넉넉한 살림일 뿐
언제나
어디서나 해마다 가난으로 살아왔지만
정작 가난한 삶을 사는 놈에게는
나만 가난뱅이라는 뼈아픈 것이 가난 아닌가
어린 나 역시
왜 나는
왜 내 형과 누나
왜 내 어머니는 가난한 삶으로 태어났는가
원통하고 절통하다
왜 우리만 쌀도 쌀독도 없는가
왜 우리만 간장독에 간장이 없는가

처음부터 가난하지 않았다 한다
우리 집안도
외가 집안도 다
큰 부자는 아닐 망정 넉넉한 집안이었다
영림서 주사이던 백부는
나이 들어서는
서당 훈장을 차린
마을 일대 식자층 인사였다
외가 집안은
광주 시내 큰 돌집으로 으리으리
다섯 살 때
여섯 살 때
어머니 등에 업히다가 걸리다 하며
그 외가에 가면

귀한 간식거리 곶감도 많고
한 소쿠리 누룽지도 많았다
본디 광주에서도 소문난 탐진최씨 문중이라
일본인이
어머니한테 눈독 들이자
외할아버지가
서둘러
몇 차례 토목공사 목수로 와서 그 인품에 반한 이를
느닷없이 사위 삼기로 작심한다
나의 아버지
나의 어머니
돌연한 신랑신부는
아니나 다를까
서로 알뜰살뜰 금실 좋은 가시버시
그러다가
아버지가 저렇듯 어이없이 세상을 떠난다
이런 아버지 대신
어린 내가 국민학교 마친 뒤
찢어지는 가난뿐인데
중학교 야간 중학교도 다 남의 일 아닌가
오직 나야말로 어린 몸으로
밥벌이 나서지 않을 수 없이
어머니 품팔이로
어머니 생선 광주리 머리에 이고
이 마을
저 마을 넘는 길
한 사람의 목구멍이라도 덜려고

51

일찌감치 누나도 시집보낸 뒤
이번에는 또 형이 자꾸 어긋나
어진 형수 멀리하고 집 나가기 일쑤

외가 어른 소개로
나는 차부車部 기술 익혀
호남 일대 화물차 수리를 한다
이런 소년 기사로 일하다가
모처럼 친정 들렀던 어머니와 만나
함께 집으로 들어가는 저녁
어머니와 아들의 행복으로 저물어간다
광주천 지나
덕림사 목탁 소리 지나
공동묘지 지나
우리 마을 우리 집이 보이면
다 왔구나 기삼아
라고 말하는 어머니 눈에 눈물 어린다
어쩌면
이런 저녁 한때
세상 떠난 남편 생각인지
어머니는 내 손목을 꼭 잡는다
어머니 걸음걸이가 빨라진다
아까 어스름 공동묘지 넘어올 때
잔뜩 겁먹은 나도
이제 집이 보이자 마음 놓는다
늦은 참새 박새가
빈 밭머리 날아 뒷동산 쪽으로 간다

아버지 없이 자라면서
나는 국민학교 입학한 이래
제멋대로 웃자란 억새풀이다 갈대다
걸핏하면
어머니랑 집이랑 다진 정情 모르고
결코 착한 아들이 아닌 아이로 나선다
걸핏하면 집 나가
며칠이고 떠돌이
걸핏하면 어머니한테도 나이 차이 많은 형한테도
고분고분 따르지 못하고 거스른다
형이 이런 나를
아우 하나인 나를
어떻게 해서라도 학교에 보냈다면
다른 나로 자라났을지 모른다
하지만 일제 말기 조선 사람 열에 아홉은
해마다 굶어 죽고 병들어 죽어가는데
가난한 소작농의 형인들
아우와 얼마나 다를쏜가
자포자기로
쥐뿔도 없이
형은 술에 노름에 빠지고
제정신 차릴 겨를 없이
집의 형편
형의 사정 하나같이 쪼그라든다
시집간 누나가
친정 아우 걱정으로
남편 몰래 내 학자금을 만들다가

누나 매형
부부 싸움 벌어지고 만다

이런 나야 세상에 내버려진 아이
이제 동네 신동 아닌 후레자식
서에서도 어디에서도 개자식
열세 살
열네 살 망나니
세상의 손가락질을 한 몸으로 받아넘긴다
내 입에는
모진 욕설이 차 있다 말다 하고
내 가슴에는
세상에 대한 증오가 차 있다 말다 한다
그러는 동안
길바닥에서 하루 내내 굶주린다
송정리 오일장터
무엇인가 훔쳐 빈 배를 채운다

형은 형대로 이젠 대놓고 뻔뻔
형수의 비통한 사랑 나 몰라라 팽개치고
집에 들어오지 않고
아우인 나는 나대로
어머니 마음 시꺼먼 멍으로 만든다
서너 해째
지붕 이엉도 못 얹어
썩은 새로 빗물 스며
방 안에 널벅지 들여다 놓고

천장에서 떨어지는 빗물 받아낸다
제가 무슨 가야금이라고 거문고라고
궁 · 상 · 각 · 치 · 우
물방울들이 소리 내며 떨어진다
자진모리로
자꾸자꾸 떨어진다
그런 방 안의 시어머니 며느리의 비탄으로
오늘도 날 저문다

이런 올데갈데없는 세월 끝
1943년 여름 끝
기어이 어머니가 자살한다
빨래에 쓰는 양잿물을 김치에 싸서 삼키고
부엌 바닥에서 쭈그려 앉았다가
그대로 쓰러진다
어머니는 마흔여섯 살
무슨 벼랑 끝 팔자인지
광주 시내 물색 고운 처녀가 시집와서
남편 잃은 청상과부 되고 만다
딸 하나도 시집살이 팍팍하고
큰아들과
열다섯 살 막내아들 집 나가 소식 없다
아무리
아무리 골똘 생각 굴려도
앞 막히고
뒤 꽉 막혀
이 세상 살 까닭이 없다

지 아버지
지 아버지
나도 당신 곁으로 갈라요
벌써 몇 번째의 자살 시도였는지 몰라
이번에는 콱 뒈져라 하고
먼저 간 남편 저승 향하여
양잿물을 목구멍에 넘겨버린 것

며칠 뒤에야 내 귀에 이 소식 와서
집으로 달려간다
그나마 형이 먼저 와
겨우 소나무 관 들여다
공동묘지 아버지 산소에 합장한 것
나는 머쓱
서러워
서러워 눈물 한 뺨 주룩주룩 나온다
콧물 한 번 나오고 또 나온다
어머님
어머님
아버님 하고 불러 본다
무슨 염치이겠느냐
무슨 면목이겠느냐
8세에 아버지 잃고
15세에 어머니 잃었다
병으로 떠난 아버지
양잿물로 떠난 어머니
이때부터 내 몸속 내 거친 마음속에 묻는다

양친 다 저승 손님이 되어도
나는 무언가 철들지 않는다
무언가 뉘우칠 줄 모른다
도리어
더욱더 어제보다 그제보다
못된 나였다
고향 마을 안팎에서는 진작 독종 기삼이
그리고 광주 골목이나
담양에서도
나주 노안 안에서도 독종이었다

내 별명은 몇 개로 늘어난다
독사 대가리
독종
증심사 도사
광산들 주원리 촌놈
광주 황금정에서도
도청 앞에서도 기죽은 적 없이
내 앙가슴 편다

우선 동네에서
같은 김씨 집안 형이 있다
그 김형기는
집안 넉넉한 부모의 위세
힘깨나 쓰는 형들의 텃세로
동네 아이들을 다 복종시킨다
그런데

나만은 그 형에게 끝까지 맞선다
동네 언덕배기 공터
그 형이 내 목을 졸랐다
나는 숨 끊어질 판인데도 견디어 내며
악다구니 써
그 형의 멱살을 잡았다
기어이
나는 그 형을 쓰러뜨린다
이때부터
나는 깡과 배짱 하나 그것으로 나간다
그리하여 나는 기어이 오야붕 되고 만다

나 아버지도 어머니도 없다
나 돈도 뭣도 없다
나 무서운 것 아무것도 없다
빈 주먹 두 개
빈 발바닥 두 개
이것으로 간다
이것으로 가다가 죽을 것이다

1944년 일제는 태평양전쟁으로 발악한다
밤에는 불 끈다
낮에는 방공호 판다
놋대야 걷어가고
절깐 종도 떼어간다
놋쇠 숟가락도
무슨 쇠붙이도 다 빼앗아간다

심지어 옛날 엽전 몇 냥도 다 모아 간다
아니
전나무 열매도
아주까리 열매도 다 따 오라 한다
한 해 동안 개망나니였던 나도
새해 들어
열여섯 살
명색이 이팔청춘
1944년 나는 남도 광산 바닥 아주 떠나버린다

이제 달밤이면
그믐밤이면
초가삼간 뒤란 장독대 섬돌 위
정화수 그릇 놓고 두 손 비벼
밤 이슥토록 비난수하는
어머니의 뒷모습 새겨진 곳 영영 떠난다

광주 무등산아
잘 있거라 나는 간다
송정리 정거장 신작로에서 여기저기 살핀다
장성 갈재 길고 긴 굴을 지나간다
몰래 하루 서너 번씩 지나가는 도라꾸에 올라탄 것
그리하여 들은 소문대로
전라북도 정읍에서 내려버린다
어찌어찌
정거장 거리 서성이다가
뒷골목 떠돌다가

나이 든 일본 부대 군속 아저씨를 알게 된다
일본군 고사포부대
신참 군속으로
일본인 장교 뒷바라지를 하게 된다

나야 늘 무無에서 유有가 나온다
나야 언제나 막다른 골목에서
언제나 외통수에서
살길 열린다
앞으로도 어김없이 그러리라

본디 북만주 관동군關東軍 부대
태평양전쟁의 미군에 밀려
일본 열도
조선 반도 등이 위험 지역이 되어
대륙의 소련군이나
중국 팔로군을 막으려던 병력이 옮겨 온 이래
한층 전운戰雲 긴박
조선 반도 호남 일대 제주도 일대가
관동군 이동 배치로
미군과의 백병전에 대비한다
전북 군산 부안 정읍 일대도
토치카 매설
고사포 화력으로 미군 상륙을 막을 준비로
날마다 포탄을 아끼면서
대공對空 대함對艦
그리고 상륙작전 격파 훈련을 한다

나는 이 부대에 와서
아주 오랜만에 쌀밥을 마음껏 먹는다
어린 시절
제삿날 밤이나
명절날 아침
그리고 외갓집에 갔을 때나
먹어 본 쌀밥이다
나는 취사반 심부름도 맡아
장교들이 남긴 쌀밥을
하루 세 차례
철조망 너머
누렇게 뜬 조선 사람에게 주기 시작한다
철조망 쪽으로 슬금슬금 다가가
거기서 일하는
아낙네들에게 조용조용 말한다

아주머니들
내일 깨끗한 보자기를 가져다
이 철조망 아래에 깔아 놓으시오

다음날 저녁 나절
남은 쌀밥 한 양푼을 가져다가
보자기가 여기저기 깔린 데
거기에 흙 묻지 않도록 밥을 부어 놓는다
매일매일 그럴 수 없어서 안타깝다
들키면 안 된다
그래서 하루하루를 이을 수 없다

그러나
날마다 세 번씩 보자기는 깔려 있다
다행히
　이런 쌀밥 내보내는 날은 내 철저한 조심으로 발각되지
않았다

나는 부대 안에서 정식 군속은 아니지만
일본 포병부대 여러 시설을 익힌다
부대 운영도 눈여겨둔다
미나미 중위는 나에게 총기 다루는 것도 가르쳤다

1945년 8월이다
부대 안 공기가 심상치 않다
장교들의 표정이 어둡다
삼삼오오 막사 언저리 모여
수군수군 저희들끼리 취침 나팔소리 뒤에도 남는다
나는 장교들의 절망도 차차 알아차린다
본도 나이찌內地가 B-29 폭격으로
잿더미가 되었다 한다
규슈九州에 적군이 상륙했다 한다
포병 소위는 어디서 술 마셨는지
밤중에 엉엉 울었다 소리 질렀다
관동군 옥구지구 대대에서
포병 장교 하나가
고향 규슈의 소식 듣고
오리나무에 목매고 자살했다는
애틋한 넋두리도 들린다

적기敵機 4발 폭격기가 드럼통을
군산에도
이리에도 떨어뜨린다 한다
이런 희한한 소문으로 내 귀는 열린다
이런 부대의 긴장 이어
8월 하순인가
마침내 전쟁이 끝났다 한다
철조망 밖 먼 만세 소리가 들린다

해방의 날이 온 것
나는 일본군이 떠날 때까지
잠자코
부대 안의 내 임무를 다한다
빈손으로
고향에 내려갈 생각 없다
끝까지 있다가
내 장래를 정하기로 한다

일본군 장교들이 전에 없이
어린 나에게 상냥하다
명령이나 지시 대신
부탁의 예의가 간절하다
이것이 패자인 것

해방이 왔다 하여
바로 다음날 일본군이 떠나지 않는다
정읍의 젊은이들 핫바지 어른들 달려와

부대 철조망에 붙어
왜놈 물러가라
쪽바리 어서 가라
이제 연합군이 온다
미군
소련군이 온다
장개석군이 온다
쪽바리 가라
너희들의 천황 폐하는 허수아비다
일제 36년 압박과 설움 이제 끝났다
가라
가라
왜놈들아 쪽바리들아
강도들아
조선의 웬수들아 꺼져라 하며
쇠스랑 들고 삽 들고
죽창 번쩍 들고
으름장 놓는다

이런 분노의 구호 저쪽
철조망 안
일본군 장교나 사병은 막사 안에서 나오지 않는다
적막이다
침묵이다
질서 정연의 묵묵한 태세
언제 일본도日本刀 빼 들어 나올지 모른다
아무리 패전국 병사라 해도

64

대포
고사포
그리고 삼팔식 총
구구식 총이 있다
군대는
무섭다
아니
사무라이 후예 무섭다

그해 첫겨울인가
아니 늦가을인가
나는 정읍 정거장에서
일본군 장교와 병장들이
열차 화물차에 꽉 차 있다 못해
매달리다시피였는데
다른 열차가 구내에 들어온다
거기에는
그놈이 그놈인 미군이
창문에 총구를 내놓고
입으로 팡! 팡! 팡! 하고 쏘는 시늉으로
일본군 차량에 대고 장난친다

남쪽 조선 반도 이남으로 퇴각한 관동군 특수부대
미군과의 최후 전투를 대비한 부대가
미군의 작전에 따라
그해 9월 본토로 돌아가기 전
저 태평양전쟁 마지막 전투를 끝낸

오끼나와 미팔군이 조선 반도 삼팔선 이남으로 진주한다
그때 나는 처음으로 미국 사람을 보았다
백인도 흑인도 섞여 있었다
그러나 어느 놈이 어느 놈인지 분간이 안 된다
조지인지
존인지
이놈이 저놈인지

이렇게 일본군이 가고 미군이 왔다
전쟁은 가고
평화가 온다
그러나 미군은 어디까지나 점령군
이런 사실을 내가 알 까닭 없다
망국의 시대 가고
신생 조국의 시대가 온다
나는 마치 체중이 없는 몸인 듯
공중으로 솟아오르는 기운으로 날아오른다

이제 나의 인생을 산다
이제 나는 개망나니도 무엇도 아닌
새 나라의 젊은이로
새 나라의 역군役軍이 된다
아
배달겨레 조선이여
대동진大東震이여

66

2.

1946년은 1945년의 이듬해이다
그런데도
그 시간의 차는 그 사상事象의 차를 따르지 못한다
환희의 해방 조선 만세 만세는
혼란의 조선 만세이다
해방의 의미 거슬러
해방은 좌우 대립이고
해방은 국토 분단
그리하여
조선 반도 북위 삼팔도선으로 짜악 쪼개어져
남쪽은 미국 놈 주둔
북쪽은 쏘련 놈 군림으로
난데없는 국경이 생겨난다
이 무슨 광복인가 해방인가 이 무슨 날벼락인가
그러나 처음에는
북의 명태가 남쪽으로 오고
남의 검정 고무신
북녘으로 흘러간다
북의 지주 계층과 친일파

남으로 도망쳐 오고
남의 시인 화가 음악가 극작가
그리고 경제학자 과학자들 웬걸 북으로 간다
평양의 남로당 분국分局이
로동당 본부가 되고
남의 서울에는 몇백 개 정당과 사회단체들
하룻밤 자고 나면 간판 내건다
어느 정당은 일인 정당 마누라하고 아들하고 삼인 정당
너도나도
다 애국자 항일인사로 둔갑한다
어떤 사람은
가족과 친구 하나둘로
우스꽝스런 좌도 우도 아닌 긴가민가로 나선다
계룡산 점쟁이 정당도 나선다
이런 와중에
가장 먼저 틀 잡힌 전국 조직으로
여운형의 건준과 그의 인민위원회가
치열한 남로당과
완고한 한민당
그리고 국내 기반 허약한 이승만 독립촉성회
여기에
정략政略보다
대의명분 내세운 김구의 한독당이
미팔군 군정청 사령관 하지의 뜻에 따라
이합집산 부침浮沈을 되풀이한다
미국의 의도
처음에는 김규식에게 쏠리다가

68

나중에는 헐수할수없는가
미국 교회
미국 공화당의 지지파 이승만에게 쏠린다

날이 새면
세상은 더욱 살벌
날이 새면
세상은 더욱 암담
누군가가 밤 주막에서
이럴 바에는 왜놈 삼십육 년이 백 년 가야 써
하고 뇌까리다 멱살 잡힌다
이런 가망 없는 민족 해방의 시절
조선 삼천리
일러 금수강산 삼천리
그 강산 남녘
동의 무등산 서의 먼 칠산 바다
거기 광산군 효자면 주월리
고향에 돌아온 나의 앞길 망망 찾을 길 없다

나는 입에 댄 적 없는 막걸리를 마신다
반 말도 퍼마신다
외상술도
공술도 마신다
갈수록 야박한 인심이나
술집 인심은 언제나 푸짐하다
그저 빈 몸 하나
술집에 들어가면

아는 얼굴
모르는 얼굴과 어우러져
부르는 노래
'역마차' 노래
남인수의 간드러진
'가거라 삼팔선아'

아아 산이 막혀 못 오시나요
물이 막혀 못 오시나요

목청 찢어 부르고 나서
다시 막걸리
다시 대두大斗병 막소주
이런 술집 밤 11시쯤
좌파
우파가 피 흘리는 싸움판 되고 만다
그때 나는 광주극장 뒷골목 국밥집에서
국방경비대라던가
무엇이라던가
조선 청년으로만 군대가 생겼다는 소식을 듣는다
아니
내 고향 마을 이웃 마을에서도
엊그제 경비대 찾아간 놈 있다 한다
밥도 주고
옷도 준다 한다

밥 준다

옷 준다
이것이면 되고말고
귀가 번쩍 나도 가겠다
기필코 가야겠다
나는 이미 일본 관동군 군대 맛을 보았노라
나도 가겠다
다시는 고향 조상 대대
밥 굶는 논두렁
헐벗은 밭두렁 귀신 노릇 지긋지긋
기필코 나는 가야겠다
이런 강다짐 뒤
막판 남은 술잔 비워 탁! 엎는다

1948년 8월 15일 이승만 정부가 탄생한다
미 극동군 사령관 맥아더가
그의 임지 일본 동경에서 건너와
대한민국
상해 임시정부 이래
대한민국 정부 탄생을 보증한다
주한 미군은
온건파
외교 노선 신사 김규식을 선호했건만
미국 본토 왕래로
이런 주한 미군 하지 중장의 의도 막고
끝내 그의 노회한 정략 수완으로
초대 대통령 무한 정권을 틀어쥔다

이런 삼팔선 이남
대한민국 탄생 이전
1945년 8월 15일 해방이지만
정작 미군 진주는
그해 10월에나 인천 상륙으로 발 디딘다
제2차 대전
미일 태평양전쟁 마지막
오끼나와 전투를 치른
미팔군 제24단 병력이다
미 육군 장교는 전투 대신 점령지 행정관이 된다
이른바 군정장관 군정관
장차 한국 정부 수립에 대비
주군 초기부터
정부군 창설을 계획한다
이미 정부 수립 2년 전
1946년 1월 남조선국방경비대를 편성한다
그 제1연대
서울 교외 태릉에 설치
아직 미소 양측 협약
현지 군대 불가 조항을 무릅쓰고
사회 치안 유지책으로
경찰 보조기구 구실로 시작한다
어디까지나
명분으로나 실지로나
경찰 보조기구 부속기구
그러다가
북조선 김일성이 인민군을 창설한다

그렇다면 어찌 남한이 손 놓고 있겠는가
북조선에 질세라
대한민국 국방경비대로 당당히 맞서야 한다

그 뒤로
충남 대전 제2연대
전북 이리(익산) 제3연대
전남 광주 제4연대
경남 부산 제5연대
충북 청주 제7연대
강원도 춘천 8연대
전남 제주도 9연대
강원도 강릉 10연대
수원 11연대
군산 12연대
온양 13연대
여수 14연대
마산 15년대
몇 해 안으로 속속
연대 병영
여단 병영 분포로 펼쳐진다
그러나 아직 경비대는 향토연대일 따름

나는 고향 마을 이십 리 팔 킬로미터 밖
광산군 극락강 기슭 극락면 소재
국방경비대 제4연대 5기생으로 입대한다
창설 초기이므로

1기나 5기나 기수期數만 다를 뿐
한꺼번에 뽑은 어중이떠중이 동기
열여덟 살짜리거나
서른세 살짜리가 나이를 낮추거나 해서 들어온다
나는 일본군에 있었으므로
영내 파악
부대 적응이 빨라
바로 경비대 유력 유능한 사병 노릇
나이 18세로
사병 기초 훈련을 담당한다
평소에는 막사 안 연장자 존칭을 썼으나
일단 부대 운동장에 나오면
훈련 지휘는 철저하다
어느덧
장교나 사병이 나를 상관으로 대한다
왕년 어린 시절부터
나보다 강한 자에게
더 강한 나였다
여기 와서도 예외 없이 경비대 왕초 노릇
기본 훈련
국내 치안 훈련 계속하지만
아직 경찰의 보조 역할이다
군사 화력 훈련은 어림없는 금물

국방경비대는 초창기부터 찌든 집단
피복도 일본군이 남겨둔 낡은 군복 개조한 것
누가 보면

그 남루한 꼬라지 그래서 경비대는 거지 떼라 비웃는다
엉성한 헌 군복에
군의 체신 따위 찾을 길 없다
이에 견주면
경비대 저쪽 경찰이야
일찍이
미 군정청 경무국 이래
수도청
각 도 경찰국 및 전투경찰 부대
일제시기 경찰 인력 그대로
일제시기 경찰 자산과 기구 그대로
경비대 어중이떠중이와는
하늘 땅 차이

그러나 초야의 안목으로
경찰은 골수 친일파 아닌가
경찰은 백안시로
경비대는 무지렁이 촌놈에다 빨갱이 아닌가
실제로 이승만 정부는
정부 행정 기반으로
일제 시대 조선인 관리나 경찰을 다 불러들인다
또한 이승만 지지 세력이
친일파 인사나
식민지 지주 계층 세력으로 구성된다
해외 안락으로
국내 정치 기반 없이
귀국 직후 야합한 결과 그것으로

정부 유지 발판으로 굳어진다
겉으로는
일본 증오하는 반일이나
막후로는 친일 세력 다져 놓고
저 아래
두메산골 면장 이장까지
이승만 노선의 상하 충신으로 만든다
이런 환경으로
이승만의 경찰은
그들의 부속기관 경비대를 멸시한다
그래서 경찰은 유식하다
경비대는 무식하다
경비대는 무기도 복장도 대우도
경찰 우위에 견줄 수 없이 초라하기 짝이 없다
무기를 보아라
경찰은 일제 경찰의 화력과
미군정 미국제 신식 무기의 성능 어마어마하다
오로지 경비대의 장점이라면
국민 일반
백성 일반의 지지뿐
경비대는 날이 갈수록
경찰에게 반감이 깊어간다
경찰은 하루하루
경비대를 빨갱이에다 거지 떼라고 혐오한다

국방경비대는 초창기부터 경찰과 충돌해 온다
그것은 경찰관 상하가 거의

일제 시대 경찰로
해방 직후 도망쳤다가
이승만 정부 구성에
일제 직제 그대로 복귀한 때문
해방 맞은 국민 일반의 민심으로는
결코 환영받을 수 없다
친일파가 다시 와 군림하므로
해방은 이름뿐
일제 재판再版의 세상이 된다
미국 놈 믿지 말고
쏘련 놈 속지 말자
일본 놈 다시 온다
헛소리인가 아닌가 날마다 되풀이된다
이런 사정에 맞서
경비대 병사들은
거의 다 농촌 빈민층 자제이므로
첫째 거지 떼라는 경찰의 멸시
둘째 무식꾼이라고 박대
여기에
걸핏하면 빨갱이라는 무서운 지탄
더구나
미 군정이나 이승만 초기 정부나
경비대 따위와는 견줄 바 없이
경찰 우대

이런 군경 차별이 점차 더 악화된다
어느 날의 부대 비상

'영암으로 출동한다'

처음에는 몰랐던 출동 이유 다음과 같다

고향 영암으로 휴가 간 부대 하사 한 명이
고향의 파출소 순경과 시비 붙어
그 하사가
파출소 유치장에 갇혀서
경찰관에게 구타당한 사건

이 사건이 부대에 알려진 것
그런데 경찰의 경비대 배척이 한두 번이 아니다
일주일에 한 번꼴로
경찰의 시비 걸기
경비대의 분격을 일으킨다

친일파 경찰이 이제 반공 경찰이 되어 활개 친다
국방경비대 역시
상부 연대장급 대대장급
아니
사령관 등 요직은
거의 일본군 모범 장교 출신
학병 출신
일본 육사 출신
친일 만주군 출신이다
여기에 하나나 둘 광복군 출신이 끼어 있다
이런 군제軍制 아래

경비대 기간사병이나
병졸들이야 그저 빈농 자제
세끼 밥 굶지 않는 경비대 지원이 다 아닌가
경찰이야 이런 경비대를
좌익 은신처로 파악한다
더구나 경비대의 열악한 환경이
경비대 열등감으로 굳어져
경찰의 처우에 불만이 깊다
그러므로
둘 사이는 증오
둘 사이는 충돌이 있을 뿐
광주 제4연대 사병이
현지 부대 밖에서
경찰에게 구타당하는 사건이 났다
그 뒤
제2중대장 참위 최홍희는
중대 전원에게
태권도를 가르쳐
경찰의 횡포에 대응케 한다
전투에는 무조건 이겨라
이 구호가 태권도 훈련장의 구호가 된다
이 태권도 실력으로
순사 놈에게
순경 놈에게
얻어맞고 오는 놈 없다
이런 판에
순천에서 경찰과의 마찰이 생겨

부대원 약간 명이
순천까지 달려가
유치장 속의 동료 사병을 꺼내오기도 한다
그런 뒤
이번 영암 출동이다
독 오른 무장 경비대가
영암 파출소에 달려간다
너댓 명의 경찰 겁먹고 나무에 올라가 숨는다

삽시간에 영암 일대 경비대와 경찰의 살벌한 긴장이다

당장 내려오라
내려오지 않으면
쏴 버린다
쪽바리 앞잡이다가
이제 양놈 앞잡이 놈들
네놈들이 이 나라 치안을 맡다니
죽일 놈들
당장 쏴 죽일 놈들

4연대 출동으로 동료를 철창에서 꺼내서
연대 본부로 돌아온다
그날 밤 막사 안에서는
몰래 들어온 막걸리 세 말을 비웠다
그러나 나는 마시지 않는다

공교롭게도 영암 사건은

여수순천 사건 직전 일어난 사건

1947년 미소공동위원회 파탄으로
미국
소련 대결이
한반도에서 굳어진다
그동안은 제2차 세계대전 막판에
대일선전對日宣戰의 연합군이지만
이제는 세계 좌우 우두머리로 적대한다
따라서
한반도 이남
대한민국 초창기부터
반공체제와 좌익의 대립 맹렬해진다
우익이 좌익을 타격하던
그해 6월 4연대 하사가 고향 영암으로 휴가 간다
귀대하려고
지나가는 경찰 차량 편승한다
경찰이 조롱한다
경비대는 거지라고
화가 난 하사가 경찰에 대든다

폭행 현행범으로 유치장에 쳐넣는다

이 시비로
제4연대 제1대대 부관이 달려가
영암경찰서 본서에 갔으나

경비대 너희들은
우리 경찰의 보조 기관이다
따라서 위법 행위는 경찰의 취체 임무다
라는 배짱
그러면서 경비대 돌아가는데
경찰이 연거푸 총 쏘아 위협 발사
이에 격분한 경비대 헌병이 순경을 구타한다
경찰은 헌병까지 강제 연행
미군 고문관에게
경비대 폭행으로 경찰관 여덟 명 부상
긴급 서류로 보고한다
이 사실이 알려지자
광산군 극락면 소재 제4연대
병력 삼백여 명 잠자다 깨어
실탄 휴대 무장으로
경찰 타도!
경찰 타도!
외치며 영암으로 달려간 것

6월 2일 새벽
영암경찰서 망루에는 기관총 장착
경비 태세로 맞대응
경비대 화력이야
일본군 99식 38식 소총이라 일단 후퇴
그리하여 사태 수습으로
4연대장 이한림 소령 호위병과 함께
경찰서장과 담판하는데

수류탄 투척
호위병 사상자가 발생한다
이런 긴박한 상황에
연대장이 경찰서에 들어가
사격 중지 요청하지만
경찰은 연대장 이한림마저 체포 구금

미군 고문관 경찰 담당과
미군 고문관 경비대 담당이 와서야
그들의 제지로 사태가 수습된다
그러나 이 사건으로
경비대의 사건 관련자는 강제 제대 또는 전출된다
오히려 경찰은 유공자로 승진 발령
이후로도
경찰은 경비대 정보 수집 구실 삼아
자주 경비대 상사 하사 연행해
취조 고문 일삼는다
여기에는
친일 반일이 벼랑져
반공과 반체제의 벼랑져
도저히 군경 화해 불능

이런 사고는
해가 바뀌어
1947년 여순사건 한 달 전
지리산 밑
구례에서 다시 발생

여기에다
지난해 1946년 10월
미군 쌀 강제 공출은 일제 공출 그대로다
대구시민
경북 농민 궐기로
세칭 대구 10월 폭동이 일어나서
전국 각지
전남 일대로 민심 격화된다
오로지 경찰만이
이런 사회 혼란 부추겨
검거 선풍을 조장한다
그러므로 대부분 농촌 출신 경비대 병사들이야
경찰에 대한 적대 감정
날이 갈수록 깊어간다

나는 이런 상황에서
제4연대 향토연대 병영 생활 고참이 되어간다
영암 사건 이후로도
연대 내 분위기는 긴장 일색
흉흉한 바깥소식으로 막사가 어수선

이러다가
1948년 정부 수립
경비대는 국방군이 된다
이로부터 국방군은
경찰의 하부 구조가 아닌 군부로 독립
하지만 미군 철수 이후로도

미군 고문관이나
미군 정보기관은
한국 국방군은 물론
한국 일체를 사실상 경찰 주도로 통괄한다

이제
전남 지방 향토 병력 4연대 기반으로
국방군 제14연대 신설
정식 군 체계가 굳어진다
이런 군의 승격으로
나는 전남 광산군 조선경비대 주둔지 떠나
여수 구봉산 밑
바다를 낀 여수만 남단 신월리
일제 말 해군 항공대 자리
거기에
국군 제14연대가 주둔함에 따라
여수의 비바람 속에서 살기 시작한다
또한 이곳은 일본 해군 요소要所이다가
해방 이후
미군 주둔지 '캠프 앤디슨'의 미군 막사 자리이다가
이제 14연대가 들어섰다
내가 복무하는 이 주둔 부대에는
애당초 광주 4연대의 기간요원 칠십 남짓 있다
신생 여수 시대 뼈대 노릇
바로 이 기간요원 중
하사관 막료로
지창수 정낙현 최철기 김근배 김정길 등이 있다

그들은 서로 모르는 사이지만
대체로 남조선 단독정부 노선
즉 이승만 정부 노선에 불만
어쩌면
김구의 한반도 건국 단일정부 노선 지지인 것

이승만의 남한 정부 서자마자
북의 김일성도 질세라
인민공화국 단독정부로 나선다
여기에다
남조선로동당 평양분국도
진작에 작파한 뒤
조선로동당 본부를 과시한다
이제 남북은 미소 군사 분단을 넘어
민족 자체의 분단 양兩 체제로 적이 되어버린다
이런 현실에 대해서
막연하게
또는 요원하게
단정 통일의 꿈을 부여잡는다
이것이 정부 초창기
이 땅의 커다란 민심 동향

차츰 이런 민심의 일단으로
산야에 널리 좌편향이 강해진다
14연대 하사관들이 바로 그들
이런 부대 병사 위
장교 중에도

제1중대장 김지회나 홍순석도
광주 극락강 4연대 출신
하지만 이들 좌편향은
서로 일치단결된 적 없이
홍순석만이
호젓이 사병 지창수와 뜻이 맞았다
홍순석 중위는
여수 본대에서 순천분대로 파견한
2개 중대 선임장교로
순천만 갈대밭에 자주 간다
그와 뜻이 맞는 지창수
광주 4연대 제1기생으로
여수에 와
14연대 인사계 선임하사로
정낙현은 연대 정보계 선임하사로 복무한다

이따금 병영 밖 술집이
새 나라 사나이답게
무식한 대로
유식한 대로
그들의 시국 분석
그들의 진로 호응으로
국가 민족의 운명에 자신들의 각오를 다진다
그들은 연대 밖 사회 동향에도
다른 연대 동료들의 경향도 돌아다본다

각 지방 국방군 연대 포진布陣이 완료된다

그 연대 병력 기질도 사상 분위기도 차츰 밝혀진다
군산 12연대
이리 3연대
광주 4연대는
애초부터 남로당 비밀 조직도 굳세다
해방 이전
이 지역 농촌의 지주 계층
소작농민 착취가
해방 이후 친일 지주에의 뿌리 깊은 피해의식
그것이 평등사상으로 나아간 것
이런 현상에도
정작 여수 14연대는
그런 조직 활동이 미약하다
그러므로 김지회도
부대 안 비밀 당원이나
하사관들과도 연결되지 않았다

나는 제14연대 제1중대 기간사병으로
분주한 병영 생활
훈련이나
이런저런 군사 잡무에 익숙한 하루하루를 보낸다

그런데 자고 나면
막사 안도
막사 밖도 영내 공기가 흉흉
어느 날은
다음날까지 제식 훈련 전투 훈련도 공치기 일쑤

훈련 담당 장교의 선정 평계로
연대 연병장 가녁에
해산한 사병들도 우세두세 긴장한다
오락 시간에도
누군가가 뛰쳐나와
무대 확성기에 대고
바깥세상 경찰 비리를 폭로한다
또 누군가는
나는 어제 경찰 놈들 지서 습격으로
몇 놈 때려눕혔다는 짓궂은 허풍도 친다
그러노라면
그 진부와 상관없이
와와
와와 하고
일제히 환호

군경 사이 이 해묵은 불화
이제 생생한 오락회 주 종목 뜨거운 화젯거리
그런데 경찰 당국도
국방군을 빨갱이로 증오하는 것이
경찰 간부들의 우려가 되고 있다
한쪽은 친일파 친일파 타도! 외치고
한쪽은 빨갱이 빨갱이 격멸! 외쳐댄다
그러므로
군이나
경찰이나
모이기만 하면 상대방을 원수로 저주함으로써

자신들의 오만한 정체正體를 강화한다

나는 취침 나팔소리 뒤
옆의 잠자리
박복동이한테
무슨 소식 잘도 물고 와서 라지도●라는 별명 붙은 하사
박라지도한테서
기삼이 들어봤어?
무슨 말인데?
제주도에서 폭동이 일어났디야
폭동?
그려그려 폭동 말이여
경찰놈들 폭동 진압에 나선 모양이여
뭣이?
그런데 경찰 병력으로는
어림없어서
우리 14연대가 배 타고
제주도로 출동할 모양이여

무엇이 어쩌고 어쩌
우리가 제주도로 건너가? 은제?

그가 헌 담요 자락을 덮으며
저 혼자 쑥덕인다

우리 부대 안의 어떤 놈도
이 출동 좋아할 놈 한 놈도 없어

● '라디오'의 입말.

90

아니 같은 동포 죽이러 가는 것 어느 놈이 좋아하겠어

나중에야
나는 알았다
연대본부 피복계 담당 하사인 나
제주도 출동 병력 인원 중에서 내가 빠져 있는 것

이 긴박한 출동 상황에 앞서
부대의 긴박한 사태가 있다
지난해 10월
갑작스럽게
혁명의용군 사건이라는 혐의 씌운
14연대 연대장 오동기 긴급 구속 사건이 있게 된다
연대장 구속이라니
평소 품행이나 지휘관 태도나
어디 하나 탓할 데 없는 연대장 구속이라니
알고 보니
군대 내 노선 문제가 된 오동기는
해방 이래
한결같은 김구 추종자라
단정單政대통령 이승만이 아니라
민족통일노선
그리하여 단정 선거 반대노선
임정臨政 주석
그 한독당 계열
이것이
연대의 상부 광주 제5여단 정보 참모 진두지휘로

91

광주 4연대에서
여수 12연대로 온 김지회 홍순석 등
부대 좌익분자로 낙인찍힌 사십여 명 연행하라고
그 명단을
연대장 대리 이희권 소령에게 제시
사병들은 영창
장교는 광주 여단본부 연행한다고 보고한다
그러나 연대장 대리는
차기 연대장 부임 때까지 기다려야 한다
그뿐 아니다
함부로 장교를 구속 수사할 수 없다
제주도 출동 때까지 보류해 달라고 요구한다
신임 박승훈 연대장 부임
박승훈도 연대 사정 파악할 이후까지
오동기 구속을 유보할 것을 요청한다
그러나 진작부터 미군은
국군 내 좌익 세력 파악에 혈안이라
한국 주둔 미군 정보책 제임스 하우스만은
노련하고 집요한
그만의 좌익 척결 임무를 수행
미 군사고문단장 윌리엄 로버츠 준장이야
한국 측
국방군 육군 총사령관 송호성의 공동 정보 체계라
이에 정보 실력자 하우스만의 암약暗躍은 밤낮없다
그리하여 육군 내 5개 연대
춘천 8연대
대구 6연대

마산 15연대
제주 9연대
여수 14연대 내
남로당 세포 사정을 탐지한다
이 하우스만의 미 정보활동 깊숙이
백선엽이 정보실무 담당으로 전속 받는다
백선엽은 누구인가
일본 간도특설대 맹활약으로
친일 충성 장교로
독립운동이나
중국 동만東滿 항일운동을 토벌한
극도의 친일파에
극도의 반공파로
그의 민첩한 정보 수집 작전은
해가 바뀐
1948년 여름에는
벌써 군대 내 지하 동태를 다 파악하기에 이른다
그는 단정한다
여수 14연대가 가장 위험한 불온분자 소굴인 것
바로 이 백선엽의 판단으로
우선 연대장 오동기를 검거한 것

바로 이 전군 규모의 숙군肅軍 조치 앞두고
제주도 폭동 진압 군 동원이
사회 각계의 저항에 부딪친다
군대 안에서도
군대 밖에서도

무력 토벌 작전 계획 즉각 철회하고
평화적 해결 대책 강구하라고
매일매일 시위가 이어지며
정당 사회단체 성명들이 벽마다 나붙는다
언론도
일제히 토벌 작전 반대하고 나선다
한마디로
이승만 정부와 미 군사고문단 정보 작전의 야합만이
실권 행사로
이 제주도 사태 토벌 작전으로 제압하려는 것
미 군정청 경찰 치안 우두머리가
이제 정부 내무장관 조병옥이다
제주도를 다 불살라 잿더미 만들더라도
제주도 빨갱이 다 없애야 한다고 부르짖는다
폭언인가
광언인가
이런 정부의 긴급 조치로
1948년 10월 11일
제주도 경비사령부 설치
바로 이 설치로
토벌 작전 앞두고
광주 제5여단 단장 김상렴을 겸직 발령

일제 내내
제주도는 전남의 한 군郡이 되어
전라남도에 속했다가
건국 이후 겨우 도道로 분리 승격된다

그러므로 전남 일대에서야
아직껏 제주도를 타도로 여기지 않고 있어
전남 지방 도민 정서는
제주도가 포화砲火의 지옥이 되는 것 반대한다
그러다 이해 10월 초
군은 송요찬 소령의 제주도 제9연대와
대구 6연대 1개 대대
부산 5연대 1개 대대
해군 함정도 증파 예정으로
여기에
여수 14연대 1개 대대 증원 작전 계획 완료된다

1948년 10월 19일 저녁
남조선 국방경비대
조선경비대
조선해안경비대 이후
국방군
국군으로 개명한 지 한 달 남짓

마침내 국군 제14연대의 무장봉기로
제주도 파견 토벌 반대를 외치며
연대 병영 내
주요 기구 및 무기고를 장악하기 시작한다
이는 제주도 파병 정보 입수한 뒤
닷새 만에 결행된 봉기
당초에는
주둔지 반란 확대 계획은 아니었으나

상황 급변
부대 안에 쌓여 있던
불안 불만이 터진 것

특히 이미 숙군 조치로
암암리에 진행되는
공개 체포 비공개 체포
고문 수사 등이 드러난다
장교 김영만 구속 수사 사건으로
연대 기간사병 지창수 등도
당장 오늘 밤 검거 대상이라는 것 알아낸다

본래의 계획 수정
비무장 시위로 파병 반대만을 내세운 것 철회한다
안되겠다
안되겠다
우리를 다 잡아들여
군사 재판으로 처치한다
자
하고 무장봉기 만장일치로 결의한다

이에 앞서 10월 19일 아침
서울 용산
육군본부 명령 전보가
연대본부 통신 시설 미비로
일반 긴급 통신 전보로 온 것
하루 내내

제주도 출병 준비로 분주한 분위기
저녁 6시
포병 제1대대는 식사 뒤 휴식 중
제2대대는
출동 부대 뒷수습으로
선박에 실을 도시락을 준비한다
장교들은
장교 식당에서 환송 회식 중
연대장과
연대본부 간부 장교들을
여수항 부두로 가
출항 선박 실태 점검
바로 이런 연대 내 공백을 계기로
하사 지창수
예광탄 세 발을 신호로 봉기한다

즉각 병기창 탄약고 접수
탄약
폭탄
제주도 파병대 보급무기
미국제 신식 무기 M1 소총과
고성능 박격포도 꺼낸다
일제 99식도 보관되어 쌓여 있다
오후 7시 50분
비상 나팔소리에
연병장은 출동 대대 잔류 대대 아울러
이천칠백 명 장병 총집결

출동시간 앞당겨진 것으로 착각한다
무장 서둘러
집결 서둘러 모여든다

당장 웅변의 지창수 연단에 뛰어올라
외치고 시작한다

지금 경찰이 우리 부대에 쳐들어온다
경찰을 타도하자

군의 경찰에 대한 원한을 이용 선동한다

우리는 그동안
경비대 내나
그리고 군이 된 뒤로도
경찰의 횡포를 무릅썼다
우리는 동족상잔의 제주도 출동을 반대한다
우리는 조국의 염원
남북통일을 원한다
지금 조선인민군은 남조선 해방을 위해
삼팔선을 넘어 남진 중에 있다
우리는 북상하는 인민해방군으로서 행동한다

이런 열변에 연병장은 긴가민가하는 사병들도 있다
그러나 미리 치밀한 계획 그대로
여기서
저기서

옳소
옳소
옳소
하고 뜨거운 옳소의 찬동이 압도한다
그때 이 거사에 반대 의사 밝힌 하사 세 명
붙들어 내세워
즉결로 사살
장교들도 사살
주모자 수십 명으로 이천여 명 병력이
일순간에 봉기 대열로 뭉친다
이 소식을 알게 된
한 대위는 항구의 승선 대기 함정과 선박을
부산으로 대피하는 긴급조치를 지휘한다
연대장이나
대대장들은 귀대한다
그러나 사후 속수무책
이제 봉기군은
바닷가의 부대 영내 떠나
여수 읍내 전역을 점령한다
벌써
여수에는 여수인민위원회가 만들어져
여수 일대를 통제한다
민간인 하나둘이다가
대규모 민간 계층 합류
군민 일체의 봉기 세력으로 확대된다
즉각 봉기성명서 작성
즉각 봉기성명서 거리에 가가호호에 뿌린다

봉기군 병사위원회 명의의 성명서 내용은 뜨겁다
세상이 뒤집혀진다
발칵
발칵
세상이 달라진다

봉기군 연대장 지창수
대대장
중대장
소대장
분대장을 임명하고
봉기군 조직을 강화한다

나는 제1대대 소속
봉기군의 이동 병력 따라
신월리 바닷가
제14연대 연병장을 떠난다
나에게는
미국 카빈총 배당
여수 읍내로 진격한다
먼저 경찰서 집중 공격
군이
가장 미워하는 대상은 경찰 아닌가
드디어 경찰서 저지선이 무너진다
아닌 밤중
경찰서는 총성 포성의 아비규환
드디어

완강한 경찰서 점령 이후
읍사무소
학교
각 기관 등 접수

멀리 광주 4연대 병력 일부도
봉기 소식 듣고 달려온다
두 연대는
본디 하나였으므로
그야말로 연대감 동정감 깊다

나는 봉기군 제1대대 진격 방향
동순천 쪽으로 나아간다
그곳은 장교 홍순석 지휘 파견 병력이 대기한다
제14연대 2개 중대가
본부 대대와 합류한다
그런데 동순천에 이르자
봉기군 토벌대가 오고 있다는 소식
봉기군은 그때까지
무인지경으로 제패한 나머지
날이 새어도
눈초리 사납게 긴장한다
그런데 시야에 나타난 것은 토벌대가 아니다
광주 4연대 철모에는 하얀 띠를 두른다
그래서 하얀 띠 없는 군은 무조건 사살

이제 여수 일대는 지창수 체제이다

여수여고 교장 등
여수 군민
여수 읍민이 뜨겁게 뭉쳐
봉기군에 일치된다
평소 경찰에 원한 깊은 민간 계층
이때다 하고
봉기군을 지지한다
지창수는 이런 여수를 장악한다

장교 김지회는
순천 지역 진출한 병력을 총괄
이로부터
봉기군 총사령은
사병 지창수 대신
김지회가 나서서
장교와 사병 전원을 장악 지휘한다
김지회의 막강한 영향으로
순천 지역 민간 봉기가 강화된다
여기에
홍순석 2개 중대 합류
광양 지방까지 확대된다

정부 측 진압군도 속속 편성되어 전선에 투입
대전 송석하 지휘 제2연대 1개 대대 남파
이리 연대장 함준호 지휘 제3연대 대대 병력 남파
광주 5여단 단장 김백일 총지휘
광주 제4연대 연대장 이성개의 3개 대대

장교 박기병 오덕순 지휘
여기에 군산 제12연대 연대장 백인기 지휘
그 연대 여수 순천 토벌 지휘 박승훈
그리고 대구 제6연대 연대장 김종갑 지휘 1개 대대
제15연대가 마산에서 달려온다
경기도 김포의 수색대 병력
비행대 공군 병력 이동
제5연대가
연대장 장도영 지휘로 부산에서 온다
부산 해안경비대도 온다

여수 본대에는 봉기군 오백 명 남아
여수 일대
도시와 농촌을 진압 관리한다
순천 광양 일대도 봉기군 세력권
저 위쪽 구례군 산동 지역까지 전진
토벌대 경찰
토벌대 군 병력과 대치
치열한 백병전에 돌입한다
기관총
일제 99식 소총으로
경찰 토벌대 전선 무너진다
그들의
미군 신식무기와 심지어 일본도日本刀까지 빼앗는다
아니
경찰 출동대 군마軍馬까지 잡아온다

그때였다
아무도 봉기군 병사 누구도
말을 탈 사람이 없다
중대장이 묻는다
누구 말 타는 놈 없어?

나요! 하고

그때 내가 나선다
나는 일본군 군속 시절
일본군 기마장교의 시중 들으며 말을 돌본 적 있다
그때 승마술을 익힌 바 있다
어디 그뿐인가
나는 해방 직후 8월 16일인가 17일인가
광주 주둔 일본군이 남기고 간 군마 타고
광주 시내 대로를 늠름하게 다닌 적 있다
그때 광주 시내에는
이따금 자동차도 한두 대 다니다가
내 말 탄 위엄 앞에서
차를 멈추고 우러러보았다
누군가가
경성에는 국무총리 이범석 장군이 말 타고 출퇴근하고
광주 바닥에서는
저 김기삼이라는 청년이 말 타고 다닌다고 한다

이런 내 승마술이라
상사의 명으로

그 경찰에게 빼앗은 말 등에 올라탄다
타자마자
말도 잔뜩 겁에 질린 나머지
나를 태우자마자
마구 달리기 시작한다

한동안 긴장한 병사들이 긴장 풀고
와
와
기삼이 봐라
잘도 달린다
하고 박수갈채
그 산골짝에서
아래로
아래로
제가 온 곳인가로
제가 익숙한 곳인가로
말 탄 나의 제지 무시하고
아래로만 달려 내려간다
어?
어?
이 녀석아 이제쯤 내 말을 들어라
이 녀석아

저 위의 중대 병력 전선에서도
내가 탄 말이
아래로

아래로 마구 달리는 것
처음에는 좋아하다가
차츰 걱정한다 환호 소리 없어진다

3.

나의 전방은 동순천 외곽 마을과 구릉 지대
나날이 증강되는 정부 진압군
병력
화력이 점점 맹렬하다
이제껏 후퇴를 모르던 봉기군 세력이
어제 다르고
오늘 다르다
처음의 봉기군 사기충천하다가
여러 전투 치르는 동안
한두 번 퇴각 작전으로
제2선 대오는 머쓱머쓱
나는 동순천 밀려나
광양 백운산 자락으로 진지 구축
이른바 백운산 근거지 확립에 참가한다
봉기군과
남로당 전남도당의 병력 주둔지
그곳에서 여러 전선 작전 상황 점검
나는 그곳에서 긴급 이동 명령으로
구례 화엄사 문수골로 넘어온다

백운산 지구에서 지리산 지구로 이동하는 동안
몇 차례 복병 만났으나 그때마다 격퇴한다

하지만 나는 내가 속한 봉기군이
연대장 김지회 부대인지
부연대장 홍순석 부대인지
도대체 상사가 누구인지 통 모른다
오직 중대장 겸 소대장 변 소위라는
짙은 갈색 얼굴
'깜둥이' 별명 붙은 직속 상사밖에는 알지 못한다
또한 우리 소대가
어디로 이동하는지
진격인지
퇴각인지도 분간하지 못하게 된다
갈수록 앞뒤 캄캄
심지어 지금 있는 곳이 어디인지 모른다
시간도
공간도 알아차릴 수 없이
한마디 명령에 따라 움직일 따름
나는 나인가 나 아닌가
아니
시간을 알아도
여기가 어디인지 안다 해도 아무런 쓸모 없다
저 10월 20일
여수 뒷산 종고산에서 내려와
처음으로 경찰과 대치한
여수 읍내 고동 전투에서

새벽 3시
경찰 병력을 제압해서
여수 경찰서 본서를 접수한 이래
이제
봉기군은 점점 산악밖에 아무런 여지도 없다
지나온 시가지와 촌락들
여수
순천
광양 거리가 먼 옛날이 된다
누군가가 중얼거린다
저 노고단
저 반야봉 일대 산속
벌써 봉기군 보급 근거지가 있다 한다

내가 구례 산동전투에 투입된 이래
산동 주민들이
우리 부대에 어디서 구했는지
쌀밥 한 양푼이나 가지고 와
두 끼나 건너뛴
우리는 빈 뱃속을 허겁지겁 채운다
그런 나날이다가
전과戰果로 사기가 살아난 판에
나는 말을 타고 마구 내려와버린 것
내 제지도 무효
내가 말에 탄 것이 아니라
말이 나를 태우고 내달린 것
그러니까 내 노련한 고삐 잡이로도

잔뜩 겁에 질린 말이
내 말을 듣지 않고 달린 것
그런데 말이 아래쪽으로 내려가다가
내가 알 턱 없는
산속으로 다시 올라간다
그러다가
저 아래로 다시 내려간다
분명한 것은 내가 탄 말은
제정신 차릴 겨를 없이
겁에 질려
미쳐 날뛰는 것을 내가 알아차린다
나는 고삐만 잡아당길 뿐
뛰어 내릴 수도 없어
오직 달리는 말 등에 엎드린다
납작 엎드려
거친 나뭇가지 따위 피해야 한다
산등성이 하나 넘어가다가
그 너머
난데없는 신작로가 나타난다
말의 속도가 느려진다
그때 길가 포플러나무 뒤
누군가가 불쑥 나타난다

손 들어!

벌써 나는 총구 앞에 뚝 멈췄다
숨찬 말 잔등에 앉은 채

두 팔 들어 그대로 굳었다
무슨 말이라도 나와야 하는데
입이 막혔다

내가 놓아버린 고삐 그대로 늘어진 채
이제껏 달려온 말도 딱 멈춘 채
뒷발굽질만 해댄다
국군 토벌대 하나둘이
바로 나와 내가 탄 말을 에워싼다
99식 총구들이
나를 향해 집중된다
말은 그들 국방군에 익숙한지
아주 유순하게 고개 숙인다
나는 한 병사에게 끌려 내려져
두 손 든 채
등 뒤의 총구들이 이따금
내 허리 어깻죽지
내 등골을 팍팍 찔러대며 겁박한다
한동안 내려가자
경찰지서가 나타난다
망루의 기관총이
얼룩 그물에 덮여 있다
직감으로 국군 토벌대 구례 지구 작전본부

야 이게 누구야
너 4연대 김기삼이로구나
하고 낯익은 장교의 당찬 목소리

나는 이제 죽었구나 하고 있는데
이런 반가운 목소리 듣고
두 눈이 번쩍한다
광주 시절
여수 14연대로 편성되기 전
향토연대 4연대 소위 박광식
그때 훈련 담당 기간사병이던 나와 만난다
이제 살았다
하고 안도한다
이 안도는 그대로 현실이 된다

즉결 사살 면했다

너 어떻게 산에서 도망쳤느냐?
수고 많았다
더구나 빼앗긴 말까지 데리고 왔구나

토벌대 장교는 주저 없이
내가 반란군 토벌대로 올라갔다가
위험 무릅쓰고
살아서
돌아온 것으로 보고한다
잃어버린 군마 한 필도 데리고 왔다고 첨신한다
하지만
일단 하산한 신분이라
지서 유치장에 갇혀야 한다
연대본부 지서 대기 중

나는 현장 사살 면한 것에 한숨 돌린다
또한 그동안의 긴장과 공복인데
토벌대 장교 급식으로
쌀밥과 된장국 김치 맛을 보았다
하룻밤
두 평짜리 철창 안 시멘트 바닥에 누웠다
먼동 트자

'야 김기삼 나와'

나는 아닌 새벽
즉결인가
하고 긴장하는데
어제의 장교 박광식이 씩 웃는다
이제부터 우리 토벌 일선 부대가
김지회 일당 반란군 소탕하러 출발이다
저 고지로 추격한다
네가 저 위의 사정을 알 테니까
네가 척후 겸 전방 안내 앞장서라

나는 총살 면한 것만이 천만다행
가겠다
못 가겠다
그럴 처지 아니다

나는 반란군에 끌려갔다
구사일생으로

기회 잡아 돌아온 것
돌아올 때
소나무 둥치에 매 놓은 말을 풀어 타고
말까지 찾아온 것
대체로 이런 용사勇士로 둔갑한 것

하늘이 무너져도
솟아날 구멍 있는가

이런 묵은 속담이 내 벅찬 가슴에 찬다
나는 다시
타고난 굳센 신체 그대로
타고난 두려움 모르는 의지 그대로
신속한 임기응변 그대로
용기백배 앞장서
점점 가파로운 바위 벼랑
억센 덤불을 헤쳐 오른다
토벌대 전진 배치 중대 병력이 바짝 뒤이어
내 뒤를 따라 오른다
활처럼
폈다 오므렸다 생동하는 대오로
산속 중턱 허위허위
사나운 바위너설
울창한 소나무 숲이
한창 단풍 진 뒤의 낙엽 지역 넘어
부대 진격을 기다린다

중대장이 포복 자세이다가
반쯤 일어서서
전방 동정을 살핀다

그때였다 타앙!

한방의 총성이 허공을 찢는다 아니 내 귀청 뚫는다
탕!
탕!
탕!
탕!
한발에 이어 연발 남발로 빗발쳐 온다

저 산 위
반란군 총격으로 아군의 전열 삽시간에 흩어진다
앞장선 나
가장 좋은 표적이다
그러나 내 본능이 나를 풀섶에 처박는다

토벌대 병사들은 사색死色으로
산개散開
거의 해산
나는 내 뒤를 훔쳐본다
벌써 토벌대는 자취 없다

위쪽 총성이 그쳤다
아마도 집중 사격 뒤

표적 찾기로
이따금 쏘는 총소리뿐

내가 숨은 아래쪽 토벌대는 자취 없다
후퇴한 것이 분명하다
나만 남겨두고
내려간 것

위쪽에 봉기군 아니 반란군은 반드시 내려올 것
저 아래로 내려가면
토벌군은 전열 정비
다시 올라올 것

여기 앞과 뒤 꽉 막힌 나 누군가
어디로 갈 누군가
어디로 가지 않을 누군가

긴박한 고독으로 슬프다
핍진한 공포로 무섭다
풀숲에 파묻힌 내 온몸이 벌벌 떤다
어금니 위아래
딱딱 부딪친다
온몸 머리끝에서 발톱 끝까지
내 몸이 아니다
땀범벅이다 내 가슴팍 다 식는다

여기 처박혀도 죽을 판

어디로
한 치 운신해도 죽을 판

누가 말했던가 백척간두 진일보라고
백척간두면
한 발짝 내디디면 허공 아닌가
거기로
한 발짝 내디디어 죽는가 사는가

이런 따위 낡은 문자 놀이
어찌 여기 있을쏜가
그저 나는 눈 딱 감았다 뜬다
허세인가
정신이 번쩍 난다
용단勇斷인가
움직여야 한다
움직여야
죽든
살든
나에게 길이 있다 하고
저 아래쪽 후미진 비탈 도랑으로 슬슬 옮긴다
바짝바짝 마음속 탄다
입안이 다 말라버린다
다람쥐 한 놈도 없는 빈 산자락 비탈
그 도랑 건너면
거기 울창한 솔숲 지나면
활엽수 낙엽 진 지대 어디인가

117

침엽수 찬 마을이다

건너간다

도랑에 졸졸 흐르는 개울이 있다
급한 중에
손안에 뜬 물 두어 모금 축이고
도랑 건너
위쪽 솔숲으로 기어오른다
등 뒤에서 총소리 들린다
헛들린다
야 거기 정지
야 거기 일어서라 두 손 들어
이런 환청 따갑다
과연 저 아래쪽에서 새된 소리가 난다

야 김기삼
거기 정지하라

이어서

저놈 당장 끌고 와

이 명령은
내가 토벌대 앞잡이가 되어 온 것인가
내 뒤에 토벌대가 포진한 것 아닌가
의심한 명령이다

또 하나의 의견은
내가 아래쪽 토벌대를 용케 피해
돌아온 것 아닌가
안도하는 것
이 두 가지를 지휘관 의논에 맡긴 뒤
나는 토벌대 전열 뒤로 끌려간다
관목 숲 바위 뒤에서
나는 생사기로 통감
귀 기울여
위쪽 잡목 숲에서 들려오는 소리

토벌대 앞장서서 온 놈이다
아니다
김기삼은 연대본부 때부터
적대적인 놈 아니었다
그놈의 말 태운 것이 실책이었다
아니다
틀림없이 토벌대 끄나풀 된 것이다

이런 소리를 듣자마자
내 본능은 이미 나 자신을 앞지른다
살금살금
도마뱀처럼 민첩하게
반란군 후방 골짝으로 빠져나가
거기서부터
죽기 살기로 내달리며 넋 놓는다

이제 내 신세는
토벌대 만나도 저승 간다
봉기군 아니 반란군 만나도 저승 간다

나의 전광석화 판단
그렇다!
나는 토벌대 만나도 죽어
나는 봉기군 반란군 만나도 죽어
둘 다
나의 죽음

오로지 내 마지막 살길 하나
삼십육계 내빼는 것
미친듯이
미친듯이
아니 온전하게 미쳐버려
위쪽으로
위쪽으로 숨 막히며 숨 터뜨리며 달린다
바위 벼랑 뛰어내려
나뭇가지 휘어잡고
소나무 꽹이에 손바닥 찔려
피나며
죽을힘 있는 힘 다 내어
오르고 또 오른다
언제까지라도
어디까지라도
내 스물다섯 살의 뱃구레 힘으로

오르고
또 올라
땀범벅인 줄 모르고
아무것도 모르고
허벅다리 나뭇등걸에 찢긴 것 모르고
올라
나는 아직 살아 있다

저 아래 토벌대인지
어느 숲속 봉기군인지
그들의 인기척 이제 없다
마침내 나는 어느 산꼭대기 이르러

여기가 어디인가

노고단 서부 쪽
구례 산동 좌사리 위쪽
삼성재 어름
삼성재 건너
고리봉인가

거기서부터 인적 묘연 태고의 적막

다리 접질리며 내려간다
내려갔다
다시 등성이 올라간다
명감나무 가시넝쿨에 살갗 찔린다

저 아래
몇 가호 듬성듬성
그 삭은 납작집 초가삼간 여기저기
틀림없이
마을 언덕에 경찰 초소 있다

숨죽여 살핀다
아니나 다를까
전투경찰 하나가
마을 둘레 한 바퀴 돌고 있다

에크

나는 움찔
마을이 보이지 않는 모퉁이 돌아
아예
다른 골짜기로 빠진다

그렇다 해서 안도할 겨를 없다
토벌대도
봉기군도
다 나에게는 죽음이다 저승사자다

해설피 나는 돌과 자갈 더미 쌓인 곳
두메산골 후미진 곳
이런 골짜기 돌 자갈 캐내고
나무뿌리 캐낸 묵정밭

인적 끊겨
도로 푸나무 서리 우거졌다
거기에 산짐승 보금자리도 몇 개 있다
그 마른 풀더미 속 기어들어가
바로 코를 골았다
얼마나 고된 도피였던가
다음날 해질녘까지
하룻밤 하루 낮을 잠 속에 빠졌다
나와서
오줌 싼 뒤 지독하게 배가 고팠다
소나무 껍질 벗겨
송기 씹어 먹는다
솔가지 솔잎새 따
한 움큼씩 씹어 삼킨다

해가 서쪽 산꼭대기 밑으로 진다
그러고 보니
나는 꽤나 높은 데까지
기어올라
기어올라
으슥한 짐승의 둥지에 누웠던 것

지리산이야
하나의 봉우리 아닌
수백
수천 봉우리
크고 작은 봉우리로 솟아난 산들

수백 수천 골짝으로 파인 산들
어느새 나는 그런 산꼭대기의 하나
감돌아
그 아래에 왔다

다시 밤이다
산속의 밤은
이제껏 내가 만난 밤과 전혀 다른 밤
꽉 찬 칠흑 암흑의 밤
올데갈데없이
나는 그 어둠 속에 있다
더더욱이나
잔뜩 흐려
무거운 밤하늘에는 별 쪼가리 하나 없다

나는 더 이상 올라갈 수 없어서
덜덜덜
몸 떨어가며
한 발 한 발 헛디디며 디디며 내려간다
그렇게 조심스레 내려가다
그 골짝 끝인가
거기서 불빛을 보았다
내 눈이 놀란다
도깨비인가
백 년 묵은 여우의 요술인가
눈 감았다 뜬다
눈 감았다 뜬다

틀림없이 생시 불빛 희미한 불빛

봉기군 아니면 토벌대인가
아직 이런 깊은 고산 지대까지
그들의 작전 지구 아닐 터

도둑고양이로
슬금슬금 다가간다

절깐이다
암자가 아니라 제법 큰 절깐
나는 다시 배가 고팠다
온몸에서
남은 힘 다 빠져나간다
배가 고프다
배가 고프고
목이 말랐다
절깐의 밤에
마음 놓아버린 나는 오직 배가 고팠다
주저앉고 싶었다
그러나 두 발로 서서
절깐 마당에 들어선다

법당은 캄캄하고
법당 아래
축대 옆 요사채 한 방의 불빛 가까이
내 뜻과 상관없이

나는 다가갔다
아궁이 불 땐 냄새 난다
아니
밥 냄새
된장 냄새도 나는 듯하다

작은 요사채 끝방 앞
나는 서슴지 않고 섰다
에헴
하고 인기척을 냈다
잠자다 깨었는지
동자승이 문짝 열고 나오는데
군복 입은 나를 보더니
기겁하고 소리 지르려다 참는다
나는 한동안 정신 놓고 주저앉았다 일어난다

이 절 주지 대사 불러 주시오
나는 국방군으로
산을 오르다
길을 잃었소
우리 부대를 잃었소
하고 울먹인다

그러자 어린 스님이 안쪽으로 간다

이제 나는
여기서

죽든
살든 좋다고 체념한다
아니 나는 나 자신을 포기한다
이제는 남은 배짱 하나
배고파
밥 한 그릇이면 된다
물 한 사발이면 된다
나는 주지 대사에게 정직하게 말한다
하나도 꾸며대지 않는다
하나도 거짓부렁 않는다

대사님 저를 어디로 넘기셔도
저는 대사님의 뜻대로 따르겠습니다
저는 여수 14연대 사건으로
여기저기
도망 다니다가
여기까지 오게 되었습니다
대사님
마지막으로
대사님께 이렇게 빕니다
살려주십시요
살려주십시요
정 그럴 수 없으면
고발하셔도 좋습니다
나는 되는 소리 안되는 소리 미친 듯 중얼거린다

그때 밤하늘 한쪽 구름장 스러져

별빛들이
우르르
우르르 쏟아진다
별빛으로
절의 법당과 요사채 지붕들
어둠 속에서 솟아난다

4.

그 절은 지리산 영원사
저 지리산 서쪽
반야봉
삼각봉 이쪽
삼성재 넘어 뱀사골
뱀사골 골짝 건너
다시 솟아오르는 기슭
벽소령
그 아래로 내려가면
영원사 부도 터 나온다
거기 그윽하고 그윽한 천년 고찰 영원사

아직껏
동자승은 겁에 질려 안절부절

국방군이든
경찰이든
반란군이든
경찰의 지시가 다 있다

여기까지
빨갱이놈 나타나면
즉시 신고하라
즉시 신고 아니면
이 절을 다 불태워버린다
당신네 중들도 다 붙잡아다 즉결이다
며칠 전
이런 무서운 지시가 왔다
주지 대사 한동안 나를 본다

나무관세음보살

이런 염불 명호名號를 외운 뒤
나에게 손짓한다

따라오게

그러면서 그 신새벽에
동자승더러
공양깐 아궁이에 불 때라 한다
동자승이
부리나케 양식 한 줌으로
밥 안쳐
불을 땐다
그런데
밥을 하라는 지시인가 하면
그 불땀 일어난

130

아궁이로
나를 끌고 가
내가 입은 군복 위아래 다 벗어
불구덩이에 던지라 한다
나는 발가벗은 채
벗은 것을 태웠다
주지가 회색 무명 바지저고리 중 옷을 입혀 준다
옷 바뀌자
신분도 바뀌었다
주지의 처소로 나를 데리고 간다
부엌에서 데워 온 더운물로
내 머리를 적셔
삭도削刀로 내 머리를 싹싹 민다
얼결에 나는 삭발한 중이 되었다
머리 빡빡 민 대머리로
바지저고리로
영락없는 십 년 수도에 들어선 젊은 중

이제 되었네
하고 주지 대사가 한숨 돌린다

누가 봐도 자네는 이 절 화상和尚일세
그런데 자네 어쩔 셈인가
이참에
아주 출가 승려로
내 상좌가 되어
이 영원사 귀신이 되겠는가

131

지금 당장 아니라도
차차 생각해 보게나
하 수상한 시국이네
신생 조국의 시대라 하나
내 짐작으로도
난세의 삼천리 강토를 어쩌겠는가
나무관세음보살 나무관세음보살

다음날부터 나는 절깐 마당을 쓸고
땔감으로
고사목 베어 모으고
산중 바람에 날리고 휩쓸리는 낙엽 무더기
한쪽 언덕으로 쓸어낸다
또한 동자승과 함께
부엌 공양깐 사시巳時 마짓밥 지어
법당에 차리는 일도 거들기 시작한다
주지야
슬쩍슬쩍 나의 부지런을 살핀다
하지만 내 속내는
늘 개운할 리 없다

초조하다
불안하다
언제 나타날지 모르는 공포에 질린다
토벌군이나
토벌경찰이 들이닥치면
나는 끝장이다

아무리 내가 중노릇이라도
그들의 간단한 조사면 나는 탄로 난다
아니
토벌대 아닌
봉기군 반란군이라도
내 수상한 위장 행색 대번에 들통난다
그렇게 되면
이제 나만인가
여기 주지 대사는 말할 것도 없거니와
이 앳된 동자마저
당장 총알에 쓰러지고
이 영원사 법당에도 다 불 지를 것이다

영원사 닷새째 되는 날
주지실에 불리어 간다
채마밭 김장거리 뽑다가
손 씻고 갔다
멀리서 포성인가 무엇인가 쿵! 하는 소리
서너 차례 들려온다
주지 대사가 굳은 곶감 세 개를 내놓는다
이거 맛보게
해묵어 좀 단단해진 것이네
그래도
이런 산중에서는 귀한 푸접꺼리여

나에게 구도의 길 출가 수도의 길은 없었던가
하루하루

산중 승려 생활 조석 예불에
차가운 법당 마룻바닥에 엎드렸다가
불상을 우러러보지만
아무런 감흥도 일어나지 않는 나일 뿐
이런 내 마음속
어떤 죄책감도 숨길 수 없다
그냥 절하고
그냥 염불 따르는 입놀림 아닌가
또한
사느냐 죽느냐
서로 살판 죽을 판으로
총구멍 마주대는 이 시국 몰라라 하고
어이 나무석가모니불을 읊조리는가
무엇보다
난데없이 여자 생각 솟아난다 얼씨구

이런 내색 감추어도
주지 대사는
내 심중 다 아시는가

잘 시간 앞서
주지가 나를 불렀다
주지실의 둘 사이 한동안 묵언이 흐른다

내일이라도
내려갈 테면 내려가게
어차피

자네는 중노릇이 그다지 맞지 않을 터
내가 어거지로
자네를 여기 둘 뜻은 없으이
허나
목숨 보장 못 하니
어이하겠나
하루 이틀 곰곰이 생각도 하고
저 아래 시국 돌아가는 것도 알아보세나

사흘 뒤 나는 주지실로 간다

뒷방 행자실 동자승 두고 하직할 생각
미안하다
안타깝다
천진한 올깎이 동자승하고
벌써 정도 들기 시작
그러나 나는 출가인 아닌 세속인
어디까지나
산 아래 복작복작 속세 진세 그곳이
나 있을 곳
주지는 이미 내 뜻을 알고 있다
내가 주저주저 말한다
아무래도 저는 내려가야겠습니다
이곳에서
언제 제가 발각될지 모릅니다
그렇게 되면
대사님이랑

이 영원사랑 다 어찌 되겠습니까
내려가겠습니다

다음날 새벽 예불에 앞서
주지 대사는
주먹밥 몇 덩어리 챙겨 내고
내 겉저고리 안 봉창에 노자도 넣어 준다
나는 절의 바랑 걸망에
몇 가지 중노릇의 옷가지를 넣어
중 행세로
내몰린 목숨 구제해 준 영원사 산중을 떠나게 된다

산비탈 넘어 동쪽으로 내려가는
산길을 걸었다
쭈뼛쭈뼛
머릿속 긴장이 사나워진다
앞과 뒤
좌우를 자주 살핀다
한나절 이상 내려간다
한 마루턱 넘어
거기에는 산골 다랑논 벼나락 걷는 때라
윗 다랑논
아래 다랑논에 이어
저 좁다란 들판도 부산한 늦가을 광경
지리산 속도 총이 숨고
지리산 밑도 총들이 숨어
자주 산중 이쪽저쪽이 초긴장으로 가득한데

이런 수확철이야
벼 심어
나락 거두어들이는
천년 농투성이 노릇 없이
어찌 이 세상을 살아가는가
그리고 보니
논바닥 아니더라도
저 산 아래 밭이란 밭에서도
콩이나 팥이랑 다 거두고
모처럼 빈 밭으로 돌아갔다
쉬어라
푹 쉬어라
아무리 하 수상한 난세로 접어들어도
푹 쉬어
내년의 소출 한 지게씩 늘어갈지라

잔뜩 긴장해 온몸이 굳은 나
중 행세로 산을 내려온 나
이런 가을 수확철
누추한 흰옷 백성의 들일을 만나므로
나 또한 고향의 밭두렁 고구마 캐던 그대로 돌아간다
바로
중옷 입은 그대로
함양 산골짝
어떤 다랑논에 들어가
나이 지긋한 노인의 지게 바작에
햇곡식 다발 얹어

내가 지고 가
논둑에 날라다 놓는다

아니
이 대사 좀 보게
지게질도 잘하네
허허
장사일세
하며 들일 거드는 나
여간 고마워하지 않는다

이런 들일 거들다가도
동구洞口 쪽 한길을 자주 본다
경찰이 오는가
아니라면
반란군 나타나는가
논의 임자인 노인장의 말도
귓속에 다 들어오지 않는다

문득 내려온 산 쪽도 슬쩍 돌아다본다

지리산의 여러 능선은 겹겹으로 쌓여 있다
여러 마루
여러 재 넘어서
여기에 이르렀다
지리산은 결코 하나의 봉우리로 솟지 않는다
만 개

삼만 개 봉우리들 모여
마침내 삼신산三神山
여장부 마고할미 대주大主 주재主宰하는
산들의 산 별건곤 그 아닌가
넘어도
넘어도
또 산골짜기 산마루
저 위쪽 정상들이
천공天空의 보배로 솟는다

나는 절의 시주승 행세
주지가 만들어준 시주질施主秩책 한 권을 지니고 있다

그럭저럭 여태까지 무사통과라
함양 산골 마을 몇 가호 거쳐
산골 목기 만드는 집
찬 꽁보리밥 한 그릇 얻어먹는다
그러다가
경찰 초소 검문에도
간이 콩알
콩팥이 녹두알로 통과한다

이러다가
바로 산청 산골 부자네 논길에 이르렀다

지나온 자국 아득하여라
저 전라도 구례 산동 능선

무동천 계곡 지나
허벅다리 찔려 피 나며
삼성재 넘는다

동남쪽인가
노고단
아랫재 마루턱 바라보며
심원계곡 내려간다 차츰 산길 익숙해진다

뱀사골 뒤
투구봉
향로봉 사이
멀리 반야봉 삼도봉 보이는 곳 지나
곰 만났다
숲속 이러지도 저러지도 못한 채 있다가
나 죽어라 하고 뛰어
허위허위
심마니 능선 넘었다

잠이 쏟아졌다 에라 잠 속 빠졌다
얼마나 지났을까
잠 깨서
어둠 속 더듬어 기어오르고 기어오른다
남쪽인가
북극성 쪽 보아 방향을 짐작
벽소령
칠선봉

백무동 한신계곡 넘어
이번에는 서쪽 삼정마을 위 영원사
영원사 주지
장성 백양사 고승 만암 제자 석명石鳴 화상
그 주지의 자비 후의로
나 살아났다
살아나
중이 되어 내려왔다

비탈 일대
아홉 다랑논 아래
좁은 골짝 들판의 논밭
대작 지주인 노인장이
내 지게질로 힘골깨나 쓰는 것 알아보고
집으로 나를 데려간다
머슴인 셋이나 있는 다섯 칸 부잣집
그 집 바깥채 긴 홑집
사랑방
머슴방
창고와
외양간이 이어져 있다

나는 무턱대고
외양간 소 두 마리
가마솥 쇠죽 쑤는 일 마다하지 않고 맡는다
아니 대사가
이런 일도 다부지게 한단 말인가

은근짜로
주인 노인장 가로되
자네 우리집에서 상머슴으로 살지 않겠는가
저 세 녀석하고
우리집 농사 맡지 않겠는가
이제
산중 절로 돌아갈 시국 다 틀렸네
시주할 사람도 없을 테고
그렇다고 이제는 절로 돌아갈 수도 없네
전라도 반란군이 산중을 몽땅 차지하고
경상도 빨갱이가
거기에 호응 합세하면
전라도
경상도
지리산은 토벌대의 전면 공격이라네
그러니
쌍계사도
영원사도 무엇도
다 불타고 말 것이네
그러니 어느 세월 전투가 끝나 보아야
대사가
절에 갈거나 말거나 할 것 아닌가

이 말이 떨어지게 무섭게
내가 그 말을 받아들인다

토벌대

반란군 전투가 얼마 갈지 모르나
그동안 제가
이 댁 소 두 마리 살찐 놈으로 만들겠습니다

다음날부터 나는 중옷 벗어 두고
머슴방 허드레옷 한 벌로
영락없는 중이다가
영락없는 머슴

늦가을 뒤엄 퍼 나르기 새끼 꼬기
새벽 쇠죽 쑤기
여름날 김매기 풀 깎기
안채
사랑채
집 안팎 마당 쓸기
뒤안 대숲 왕대 베기
머슴질에 새벽잠 없다 건달 없다
머슴질에 눈치코치뿐
어쩌다
긴긴 동지섣달 밤이면 퀴퀴 머슴방에
가래떡이나 팥죽 들어와
머슴방 온기 넘친다
어쩌다
이런 시국에도 나그네 있어
떠돌이 방물장수 있어
타관 소식 믿거나 말거나 들려준다
여름밤 모기로

겨울밤 이로 빈대로 피 다 빨린다

다음 해 봄이 다 간다
그런 봄밤
주인 노인장이 나를 부른다
안채
노인장 거처로 간다

주안상이 차려져
막걸리가 있고
봉지 담배도 있다

나에게 담배 한 봉지를 준다
나는 담배 입에 대지 않는다며 사양한다
또 막걸리를 사발에 따라준다
나는 술을 입에 대지 않는다며 사양한다
허허
별사람이로다
하며 일견 실망하는 눈치
할 말 없는가
머슴살이 고되지 않는가
아직 이대로 있겠습니다 드릴 말씀 굳이 없습니다
머슴방으로 돌아간 나를
머슴들이 비아냥질
중이라
술도 담배도 다 놓쳐버렸고
아이고 아이고 억울하구나

술도 담배도 다 가져와야지 왜 빈손으로 와

며칠 뒤 주인 영감이 다시 나를 불렀다
밤 이슥하다
등잔불 아래
내 손을 내밀라 한다
내 두 손을 요모조모 만져 본다

아무래도 자네는 농사일로 썩을 수 없네
내일 진주로
나와 바람 쐬러 가세나
알 듯 모를 듯
나에게 짐을 싸라 한다

다음날 나는 진주까지 시오 리 길을 간다
주인 영감은 두루마기 차림
중절모자도 썼다
시오 리 가서 그곳에서 버스를 탄다
진주 시가지 바깥
한 고물상
그 고물상 주인과 주인 영감 아는 사이
서로 자네 자네하는 오랜 지면
나는 그날로 고물상 직원이 되어 버린다
나에게 물어볼 한마디 없이
나는 고물상 주인의 지시 따라
헌 타이어
헌 바큇살이나 쇠붙이 따위 정리

주인 영감 돌아가며
내 손을 굳게 잡은 뒤
두툼한 용돈도
내 봉창에 넣어 주었다
어디서나
성실한 사람으로 살게 부디 잘 살게

진주 고물상은
진주 시내 고철이나 고물뿐 아니라
진주 시내 여러 마을에서
싸구려로 떨이로 사들인 것
버린 것들도 실어온다
온갖 잡동사니로
무더기
무더기
산더미를 이룬 야적장
두꺼운 천막 천 덮인 곳
비 맞아도 무방한 곳 질펀하다
무쇠토막인가 하면
깨진 도기 그릇 조각도 쌓여 있다
심지어
헌 옷가지도 있다
나는 이런 야적상 일 도맡아
차곡차곡 정리한다
처음 며칠 동안 주인이 이따금 나타난다
내 일솜씨를 살핀다
그런 다음에는

아예 내 작업장에는 나타나지 않는다
내 일솜씨를 굳게 믿는 것 틀림없다

기름때 묻은 작업복 주머니에는
어느덧 월급 받은 돈도 푼돈도 채워진다
특히 자동차 부품 따위
따로 새끼줄로 매어둔다
그러다가 나는 자동차 수리 기술을 익힌다
한 달 두 달 지나가며
내 고물상 작업이 능수능란이다
주인이
내 작업 성능에 탄복한다
그래서 삼 일간 휴가도 주어
삼천포 가 횟집 회를 실컷 먹었다

그러나 진주 고물상에
언제까지 죽치고 처박힐 수 없다
언제
내 정체 들통날지 모른다
아니나 다를까
진주경찰서 사찰계 형사인지
지서 끄나풀인지
일제 시대 당꼬바지 차림 사복경관이 와
고물상 주인 만나
고물상 종업원 현황을 알아보라 한다

그날 밤

나는 주인의 소실댁으로
주인을 찾아간다

사장님 밑에 있고 싶으나
저는 더 이상 있을 수 없습니다
고향으로 가겠습니다
그런가
내 진작 산청 친지로부터
자네 사정을 들어
대강 짐작하고 있네
여기 있어도
내가 얼마든지 자네 신분 보장을 할 수 있네
허나 자네가 떠나고 싶으면 떠나게
자네 같은 정직하고 근면한 청년이면
어디 가도 환영일 게야

1948년은 한반도 신생 분단국가 한국 어디나
내 고향이나 어디나
아니
나 자신에게나
너무 커다란 고난 속
어쩔 수 없는 고난의 무거움을 살아야 한다
혹독한 세월
잔악한 세월이 나의 세월

이 한 해 동안
나는 여수 바닷가

순천 갈대밭 머리
광양 산마루턱
지리산 구례 산촌
아니 노고단 밑 산악 전투에서
죽지 않고
죽을 고비 몇 차례 넘겨
기어이 살아남아
산속을 도망쳐
좌도 아닌
우도 아닌
좌에서도 우에서도 도망친 자로 낙인찍혀
나 자신을 숨기며 떠돌고 있다

고물상 주인은 나에게 말한다
소실댁 시켜
주안상을 들여다가
나에게 탁주를 권한다
나는 술 못 마신다 사양하다가
한 잔을 억지로 마셨다
진작에 산청 곽 첨지가
자네가 유망하다며
장날 진주에 나왔을 때
자네 일을 부탁한 적이 있네
그래서 나도 두말없이
자네를 내 사업에 종사하도록 한 것이야
부디 앞으로 난관 없기를 바라네
또 인연 있으면

나와 만날 날 있겠지
그런 다음
주인은 나에게 월급 말고 용돈도 주었다
다음날 나는 고물상 트럭으로
진주 차부車部 가까운
정거장까지 타고 갔다
거기서 고물상 주인과 작별한다

진주 시내는 삼엄하다
함양이나
산청의 산촌이나
진주 시외 고물상 마을 사정에는 견줄 바 없이
여기저기 눈초리 사나운 경계 감시로
죄 없어도
죄지은 자 되어
슬금슬금 눈초리를 피한다
군 헌병도
경찰도
사복경찰도 자주 불심 검문
오고 가는 사람들을 불러 세운다
걸핏하면 임의 검거 강제 연행
더구나
군경 합동 이인조가
지리산 방향
진주 서쪽 일대에서
한층 경계 태세 강하다
구간區間 초소 경계는 말할 것도 없고

수시 이동경계는
골목골목을 다 누비고 있다

진주 정거장
떠나고
돌아오는 열차 승객들이야말로
하나하나가 군경 합동 검문반을 거쳐야 한다
나야말로
아무런 신분 증명서도 보증서도 없는
즉각 연행 대상자 아닌가
승차권을 사려 해도
보여줄 신분증 없어
진주발 광양행은 고사하고 어디로도 갈 수 없다
이런 나에게
비상수단 그것뿐

겉으로 태연자약
역구내
나무 걸상에 앉아
조는 척
안 조는 척
매표창구 쪽을 살핀다

그때였다 나는 나도 모르게
매표창구로 달려간다

한 아낙네가 머뭇거린다

차표를 주문한 뒤
치마 안 주머니에서
버스값을 꺼내려고 뒤지고 있다
그러는 사이
내가 창구로 재빨리 돈을 넣으며
'광주' 하고 말했다
그러자 직원이 덜컥 광주행 차표를 내준다
나는 현장에서
날쌔게 달아난다
개찰구 지나
차표에 구멍 뚫려
열차 승강장으로 들어간다
들어가다 돌아다보니
매표소 직원에게
대드는 아낙의 실랑이가 사납다

드디어 나는 경전남부선을 탔다
진주에서
광주라니
그러나 기차 탄 것으로만 안심하지 못한다
넘어야 할
건너야 할 고비 수두룩
차내 검문도 수시로 있다
마침 젊은 아낙이
머리에 가방을 이고
한 손으로 어린아이
한 손으로 고리짝 들고 있다

152

내가 나서서
차 안에 들어다 준다고
얼른 고리짝을 한쪽 어깨에 얹었다
그리고 보니
누가 보아도 젊은 부부 한 쌍 딸도 낳은 한쌍이라
이런 내 행색으로
승강장 검색을 무사히 통과한다
진주
광양
순천
광주
몇 차례 열차 안 경찰 검문을 아슬아슬 통과한다
휴
휴
몇 번인가
안도의 한숨
아니
다음 불안 초조의 한숨
광주 시내 광주 정거장
걸음아 나 살려라 하고
광주여고 가로질러
고향 마을 주월리 동구밖에 들어섰다
비로소 아랫배 속
한마디가 솟아오른다

살았다!

형수가 깜짝 놀라 외친다
도련님 왔어요
집 한 채
이 문짝
저 문짝 열리며
어메
어메
이게 누구여 누구랑가
형 누나들이 뛰어나온다

나는 이틀 동안 낮이나 밤이나 곯아떨어졌다
사흘 뒤에나
나이 많은 형과 형수에게
내 자초지종을 말한다

고향에서 들은 소문대로
이미
여수 14연대는
진압 토벌로
사살되거나
생포되어 군사 재판으로 처형되거나
아니면
지리산 속 어딘가에
극소수로 살아서
내일 죽을지
모레 죽을지 모를
반란군 신세이거나

154

이런 판국인데
죽은 사람으로
죽은 동생으로 치부된 나 돌아왔으니
형은 형대로
형수는 형수대로
기쁨 뒤의 두려움 깊어간다
내가 돌아온 것
세상이 알게 되면
즉각 재판과 처형으로
나의 생명은 끝난다
형이 윗방 구들을 드러낸다
그 끄을음 시꺼먼 바윗장 몇 덩이를
응차
응차
들어내고 그 방골을 깊게 파 내려간다
그래서 윗방 밑에
내 은신처로 굴을 만들었다

낮에는 굴속에서 숨어 지내다
한밤중에나 기어 올라와
형님과 마주 앉는다
이런 어둠의 나날 한 달포 지나
형은
외갓집 부자 외삼촌에게
내 소식 알려
나를 살릴 방도를 호소한다
외삼촌은 쌀 여러 가마니 들여

돈 여러 다발 들여
광주와
중앙의 군 관계 사직司直 관계 유력자와 접촉한다
외삼촌의 구명운동과 함께
외할머니 사촌 언니가 전문학교 유학 중
일제 시대 원용덕의 애인이었어서
그 원용덕이
호남 지역 전투사령부 5사단 단장이라
옛 애인에게
내 구명을 부탁하기에 이른다
그리하여
나는 관할 경찰서 자수 절차로
여순 사건
지리산 입산 사건을 진술하고
모진 목숨 가까스로
아니 아슬아슬로 살아난다
한동안
조사 과정에서
과격한 담당 장교한테
처형 대상자로 분류되다가
사단장의 재차 지시
그 명단에서 지워진다

나는 육군 5사단 사령관 명의 귀향증을 받는다

그 공포의 영창 심문실을 빠져나와
광주시 외갓집 들러

외숙한테 구명 감사하고
고향 마을로 돌아와
내가 숨은 윗방 굴속을 들어가 본다
형은 아직까지
그 아우의 은신처를 그대로 두고 있다
집에 와서
내가 한 일
첫 번째로 그 굴을 메워
다시 뒷방 방고래를 깔고
거기에
갈대 자리를 펴는 것
아니
갈대 자리 비싸므로
가마니때기 까는 것
나는 그 윗방에서
이제는 떳떳하게 잠들고 잠 깬다

내 귀향증 여백에는
원용덕 친필로
나에 대한 격려문도 추가되었다
'군은 아직 나이가 어리니
제백사하고
학교에 들어가 열심히 공부하시게'

나는 이 권유에 힘을 얻었는지
다음 해인
1949년

광주 숭일중학 야간부에 입학한다
취학 연령 초과로
입학 즉시 단번에 2학년 편입생이 된다
나는 입학하자
2학년 1학기 동안
학교생활에 푹 빠진다
내가 산전수전 다 겪고
생사기로 다 넘긴 나머지
이제는 희망 만 리의 나이배기 중학생이라
비록 야간부일망정
저녁나절
교실에 들어와
저문 운동장을 느긋이 바라보는 것
그런 운동장에
바람 불 때
흙먼지 한 덩어리가 공중으로 솟아오르는 풍경에
내 심장 박동이 뛴다

그러다가
2학기 끝날 무렵
내 공부 열중은 식어 간다
여기에다
수업료 납부가 자꾸 지연되다가
형이나 누나나
내 학비 댈 처지 아니어서
내 공부는 불가능하다
시집간 누나가

친정 동생 공부시키려고
매형과 다투는 부부 불화 다시 생긴다
에라!
나는 숭일중학 야간부 2학년 자퇴하고 만다

집안 사정
누구보다 잘 안다
어디서 학비는커녕
당장 내가 먹을 삼시 세끼 걱정이다
이제 학교에서도 내 사정을 다 안다
담임 선생의 연락도 없다
오직 내 책상의 짝이던
송정리 박승철이
길에서 만나
학교에 다시 나오라 한다

너 없으니
교실이 맹물이다
하고 나를 부추기지만 내 입은 다문 채

하루 내내
앞산 뒷동산 잔솔밭에 들어가거나
대밭에 들어가거나
학교도 못 가는 내 신세를 괴로워한다
아니
하루 세끼 굶은 몸으로
차디찬 방고래에 누워버린다

기름도 없어
등잔불 밝히지도 못한다
그 캄캄한 가난 속
나는 혼자 울었다
어둠 속 문짝 박차고 나가
집 앞의 누구네 논두렁에 가 울었다
차라리
지리산에서 죽어버릴 것을

나는 내가 미웠다
슬프다
슬프다
나는 내가 있는 세상이 미웠다

외삼촌 생각도 했다
그러나
외삼촌은 내 구명운동으로
얼마나 많은 재산을 축냈는가
안 된다
안 된다
벼룩도 낯짝이 있다 하지 않는가
나는 외갓집 생각
그 뒤로는 깡그리 지웠다
안 된다
안 된다

나는 나로 살든지 나 하나로 죽든지

5.

또다시 내 삶의 곡절 어디로 펼쳐지는가
바람이 분다
비가 온다

비록 야간부일망정
나 어엿한 중학생이다가
학교와 멀어지자
한동안 집 밖으로 나가는 일도 없다
윗방
여름은 푹푹 찌고
겨울은 삼청냉돌
그 뒷방 가마니 깐 방
두문불출 방 안 통수 노릇
그 퀴퀴한 방고래 박차고 나와
뒷산 가시넝쿨에 팔다리 찢기며
빈 논두렁 내려가
흩어진 지푸라기나 땔감을 해 온다
차차 마음 다잡아
오줌똥 거름 내다가

밭에 거름 준다
그러다가
그러다가
도저히 내 속의 불길
집안일 견디지 못한다 끝내 뛰쳐나간다

도대체 아무런 희망도 뜻도 없는 고향의 하루하루
꽉 막힌 그 세월 속
나는 견딜 수 없다
멀리 동쪽 하늘 밑
거기 무등산
문득 그 무등산 밑
형의 처외숙 훈장이 산촌 서당 차렸다는 것 생각난다
무등산 기슭 증심사 옆
어느 화공畵工의 옛 초당 터에
서당 차려
머리 딴 총각도 아이도
공자 왈 맹자 왈을 배우는 곳
그곳이 뜬금없이 생각난다

다음날 무작정 집을 나간다
형한테도
형수한테도 알리지 않고 나간다
광주천 증심천 지나
무등산 증심사에 간다
거기서 물어물어 서당에 들어간다
무턱대고

사돈어른 훈장께 큰절 한 번 하고 나서
서당 뒷산 올라가
나무 한 짐 해 온다
또한 고사목 베어다가
장작도 빠개 쌓아놓는다
말하자면 이런 허드렛일로
서당 밥 얻어먹고
서당 글 공으로 익히는 어정쩡한 날들이 이어진다
훈장은 천자문 아니라
이천자문二千字文을 가르친다
1949년 한 해
몇 달 동안 나는 한자를 제법 익혀
여름이면 여름 하夏
겨울이면 겨울 동冬
그리하여 하지와 동지의 뜻을 안다
아버지 제삿날
현고학생부군신위顯考學生府君神位도 쓴다

사돈어른이자 훈장이
새해 첫날 새벽에 임진왜란 꿈을 꾸었다
무등산 너머
어느 산속으로 피난 가는 꿈 꾸었다
해괴한지고

나는 그해 봄 3월인가 4월인가
더는 증심사 옆 서당 공부도 시들해진다
다시 내 마음속 바람난다

서당이란
오늘이 아니라
옛날 옛적이다
산중 서당이란
세상 물정 모르는 헛된 뜬구름하고 무엇이 다른가
나는 서당 아래 증심사로 간다
증심사 풍경 소리 처량
지난날 지리산 영원사 생각난다
그러다가 나는 절깐하고 남이다 하고
그곳도 떠난다

나는 어디론가 가고저
나는 어디론가 달려가고저
내 꿈이란 어디로 가는 내 그림자
공부하다
땔감 불목하니 고단한 잠결
그 잠속의 꿈속
나는 자주 오르고 내려가는 것
나에게도
훈장의 새해 꿈인 양
어디론가 가는 꿈속

무등산 위 장불재
거기에
원효사 밑 골짝을 건너
담양으로 갈꺼나
아니 증심천 따라가다

차라리
송정리 지나
영광 법성포에 갈꺼나

끝내 진달래 피어 한창인 시절
나는 또다시 무작정 서당 집을 떠나버린다
이천자문
다 떼지도 못하고
자네 총기라면
장차 이 무진주의 학자가 될걸세
이런 훈장의 칭찬도 내버리고 떠난다
광주 시내
정거장으로 간다
부근은 광주고녀 여학생들 하학 시간
여학생들 스칠 때
가슴 두근거린다
내 걸음걸이가 거북해진다

역전 공터
나는 다른 아이들 속 얼쩡댄다
그러다가
공교롭게 사촌 형 기정이를 만난다

형 어디 가
나 서울 간다

나 데리고 가 나도 서울 가서 일할 수 있어

사촌 형은 서울에서 야간학교 다니는 것
진작부터 알고 있다

내 호주머니에 있는 돈 몇 푼하고
사촌 형의 돈으로
내 차표도 샀다
뛸 듯이 기쁜 새로운 길 열렸다
생두부 한 모 사서
김치 한 가닥하고 아귀아귀 먹고 나서
야간 완행열차를 탄다
사촌 형 기정이도 나 데리고 가는 길 뿌듯해한다

너는 아버지 없이 불쌍한 놈이다
나하고 서울 가서
부디 성공해서 고향에 돌아오자
하고 나의 등을 두들겨 격려한다

아 그날 밤 어둠 속
송정리 역구내
이어서 장성역 지나
장성재 굴 지나
정읍
김제
이리 정거장

나는 뜬눈으로 야간 호남선을 간다

운명은 밤에 깨닫는다
운명은 밤의 철로 달리는 동안 깨닫는다
내 미래와
내 과거가 서로 만나
오늘 밤의 서울행 열차로 간다

서울 영등포역 새벽
여기가 어디여
여기가 어디여
도대체 여기 영등포가 어디란 말이여

영등포 역전 광장 그 어둑새벽
인산인해로
후줄근한 남녀노소의 소음이 찬다
시골에서 온 옥순이나 복순이
영락없이
어느 놈에 속아 보통이 빼앗긴다 몸 팔려간다
또 갑돌이나 을동이
영락없이
어느 놈에 다 털리고 알거지 된다

다행히 나에게는 사촌 형 있다
아니
나에게는 똥배짱 있고 내 완력 있다
덤벼라
덤벼라

코 베어 가는 서울이다 네 코 조심하여라
하고 기정이가 겁준다

허나 나는 영등포 땅 디디자마자
나는 광주 촌놈 아니라
바로 영등포 놈 된다

사촌 형의 좁은 숙소로 간다
다음날
나는 사촌 형 기정이 따라
그가 다니는 철사 꼬부리는 작업장 우두머리에게
나를 소개한다
통사정으로 나를 부탁한다

너 골골 앓는 애 아니지
너 잘할 수 있어?
이 작업은 중노동이야 인마 너 해낼 수 있어?

나는 옛! 하고
아주 큰 소리로 대답한다

야 인마 간 떨어진다 쓸개 떨어진다
그놈 입심 한번 그만이네
하고 나는 즉석에서 굵은 철사 꾸부리는 작업에 투입된다
사촌 형 기정이 신원 보증서에 도장 찍었다
사촌 형 기정이는
내 다른 사촌 기만이도

그 공장에 취직시켰다 내가 두 번째다
공장 노임勞賃이라야
사촌 형 기정이 받는 것의 사분의 일
처음에는 감지덕지였으나
차츰차츰
이것으로는 도저히 살아갈 수 없는 현실
이빨 떨리며 깨닫는다
비좁은 다락방
쪽잠 자는 밤 내내
내 두 다리 식고
내 겨드랑이 찬바람 든다
야학의 꿈은커녕
공장 식대食代도
다락방 방세도 대기 어려운 현실

그나마 영등포 공장 석 달 뒤
나는 감원減員으로 그만둔다
기정이 형이
우선 다른 데 찾아보자
그 대신 공장 사정 나아지면
다시 너 불러 주마

이런 위로 끝
육촌 형 경렬이 소식 넌짓 전한다

용산 어디
한강 건너

거기야말로 진짜 서울 아닌가
영등포는 강 건너서
한참 먼 시골 아닌가
오직 철교하고 인도교 하나밖에 없는
영원한 강 건너
저쪽
이쪽
봄 아지랑이 속 제 세상

나는 다음날 두말없이
보따리 챙겨
영등포 벌집 같은 다락방을 떠난다
노량진까지 걷는다
억새밭
풀밭에서 살모사에 놀란다
웅덩이에 빠져 신발 속 진흙물 헹군다
두 끼 공친 뱃속 허기진다
노량진 작은 정거장 앞
묵은 강냉이가루 볶은 것 사 먹는다
인도교 아래
한강물 깊다
영등포 풍경과 전혀 다른 세상
서울 용산의 풍경
남산 밑 풍경
다닥다닥 판잣집이나 일본 집들 꽉 찼다
서울 사람들의 말소리도
서울 사람들의 걸음걸이도 아주 빠르다

눈 뜨고 코 베어간다는 곳
그곳까지
내 운명이 온 것

육촌 형 경렬이네 술집이 어디인가
용산 정거장 건너
다섯 골목
여섯 골목
물어물어 찾아갔다

주소 쪽지 하나로는 헛걸음 한나절 끝
마침내
'아리랑'이라는 빠 간판 만난다

아니 너 기삼이 아니니? 기삼이 맞니?

재종형을 만난다
주저앉았다
그 홀 시멘트 바닥
나 죽이든
나 살리든
보따리 던져 놓고 찬물 한 잔 마신다

그날 저녁 어스름 녘 이래
나는 '아리랑'의 두꺼운 문밖에서
문 열어주며
어서 오십시오

어서 오십시오
하는 손님맞이 임무를 맡는다
이런 문지기 노릇으로
추운 날
몇 번인가 된 고뿔 걸린 뒤
사장인 재종형이
문밖의 임무에서
집 안의 임무로 바꾸어 준다

이번에는 술집 매캐한 뒷방에서
땅콩이나 마른오징어
과일 접시 차리는 담당

밤은 일하고
낮은 잠자는 나날

아예 야간중학 들어갈 엄두 못 내고
낮에는 한소끔 잠 깨어
서울 역전이나
남대문 거리
아니
시청 거리
광화문 거리 종로 거리 간다
아니
일제 시대 명치정 명동 거리 충무로 거리 간다
일제 시대 황금정 을지로 거리 간다
아니

청량리 정거장도 가는가 하면
중앙청 총독부 지나
저 자하문 고개 넘어
세검정 자두나무 숲에도 간다
어느새 나는 서울 일대
다 익혀
장차 지프 하나 불하받아
택시 운전하는 꿈 이루어지면
서울 거리 마음껏 달리고 싶다
그러나 지금 내 처지야
낮잠 아니면
낮잠 깨어 원효로 끝 강기슭
지난날의 영등포를
강 건너 저 세상을 바라보다가
해 지면
아리랑으로 돌아가
뒷방 창고 아니면 주방에 처박혀
자정을 넘기는 일과에 매달린다

여름이다
가로수 푸르렀다
가로수 그늘
지나가는 사람들 머문다
아 남녘 고향에서
하마 보리 베기 한창인가
논에 심은 모 자라
뜸부기 울다 날아가겠다

173

여기 서울 복판 용산에도
강남 제비
저녁 하늘 솟구쳐 내려온다
아 고생뿐인 가난뿐인 고향일지나
그리운 고향 아닌가

이런 여름 무더운 날
어느 날
저 삼팔선 이북 인민군이
남으로
남으로 쳐들어온다는 소식이 온다

그동안에도
거의 날마다
삼팔선 여기저기
총소리 몇 번씩 난다는 소식 연달아 온다
그러나 저녁 나절이면
밤의 술집이면
가거라 삼팔선
아 산이 막혀 물이 막혀 못 오시는가
가거라 삼팔선
애끓는 남인수의 노래
어느덧 내 십팔번 콧노래인데
이 삼팔선이
이제 무너졌다는 소식 아닌가

어쩐지 내 마음속 어두워진다

174

재종형 방으로 가
라디오 틀어
삼팔선 소식을 너도나도 듣는다
개성 쪽에서
강원도 소양강 상류에서
이남의 국군과
이북의 인민군이 서로 총을 겨눈다 한다
이북의 탱크 부대가
벌써 포천 연천 넘어
의정부로 향하고 있다는 소식이야
라디오 말고
누군가의 소식으로 알게 된다
나는 그저 그런 삼팔선 사고의 하나둘로 여기다가
휘파람 불며
빠 실내 청소로 분주하다가
주인 재종형이 불러서
주인 거처로 들어간다

야 기삼아
이제 너 그만두어라
그만두고 짐이나 싸라
나 고향으로 간다
너도 가야 한다

1950년 6월 26일
북한 인공기 공습으로
여의도 비행장 폭격이 있었다

용산에서도 쿵 쿵 소리 들렸다
미국 무스탕 F80과
소련제 야크의 공중전 있었다
이제 시시껄렁한 충돌이 아니다

그때 나는 고향에서 온
단골 신문 기자를 생각한다
그 기자한테 전화 걸어
신문사로 찾아간다
서울역 건너
세브란스 병원 옆 태양신문사
그곳에 가
기자 김일로를 만난다

아저씨 이 전쟁 곧 그치지 않습니까
아니다
이번에는 내일모레 그칠 충돌 아닌 모양이다
우리 식구도
광주로 내려갈 참이다
너도 이참에 가야 한다

그리하여 나는 김일로 아저씨 가족 따라
용산역으로 간다
노량진 피난 인파 속
신문 기자의 민활한 수속으로도
꽉 찬 남행열차에 탈 수 없었다
정작

아리랑 주인 재종형도
이 기차 탔는지 못 탔는지 모른다

1950년 6월 28일 새벽 2시 반
한강철교
한강인도교
그리고 저 위쪽 광진교가 폭파된다
총참모장 채병덕의 명령
이미 이 다리에는 피란민으로 가득한 상태
그 폭파로 다 죽는다
그리하여 더 이상
한강 이북은
한강 이남으로 건널 수 없다
한강 이북 서울 사람은
2마력짜리 발동선이나 임시 뗏목이나 쪽배로
비싼 도강료 내고 내려온다
골머리에 전대錢帶 띠고 건너다가 빠져 죽는다
그날 점심 무렵
나는 김일로 아저씨네 궤짝 짐 지고
한강인도교 한쪽 구간 남은 데로 가까스로 건넌다
김일로 아저씨네 어린아이
내 궤짝 짐에 탄 채였다
다음날 6월 29일 낮
북의 인민군이 한강 이북 서울을 점령한다
이제 용산 원효로 강가도 인민군 세상

우리 일행은 철로를 걸어 내려간다

어제도 오늘도
기차 없는 철로를 따라
남으로
남으로 내려간다

우리의 피난길 바로 뒤로
인민군은 추격해 온다
발바닥 부르텄다
배고프다
배고프다
밤은 6월인데 춥고
낮은 뜨겁다
하루가
사흘 된다
일주일이 이 주일 된다
보름 만에 무등산을 본다
광주다
그러나 얼마 뒤
광주도 인민군 세상이 되고 만다

이런 생사기로였는데
라디오에서는
대통령 이승만 육성으로
서울 시민들 부디 안심하기를
내가 굳건히
서울 사수할 것이니
아무런 동요도 하지 말고 생업 종사하기를 운운

정작 대통령은 미리미리 도망쳐
대전으로 내려가다가
곧 대전도 위태롭다고
대구로 갔다가
염치코치인지
다시 대전으로 왔다가
우리보다 훨씬 잽싸게
이번에는 호남선으로
이리
정읍
송정리
나주
목포로 도망쳤다
목포 해양 경비대 함정 타고
거기서 여수로 삼천포로 부산으로 간다
뱃멀미로 마누라 프란체스카는
토하며 실신하는데
남편 이승만은
뱃멀미 따위 끄떡없이
선실 안에서 눈 감고 앉아 있다
부산 도지사 관사가
대통령 거처 된다
누군가가 이런 대통령을
임진왜란 직전
궁전을 빠져나가
서울 백성 몰래
삼천리 조선 백성 몰래

비 오는 날 북으로 북으로
먼저 도망친 선조를 빗대어
국민 저버린 지도자의 실격을 탄핵한다
그 탄핵을 경찰이 틀어막는다

나는 생명의 은인 김일로 일가와 헤어진다
감사합니다
감사합니다
아저씨 은혜 꼭 갚겠습니다

이 말이 송정리 역전에서
내가 김일로 아저씨한테 한 말

그 뒤 언론인 김일로는
어찌어찌
호남 일대 인공 시절 견디어 낸 뒤
향토 광주의 언론계 이끌어 간다

나는 주월리 고향에 돌아와
형님 아래에서
논일
밭일 품팔이 다닌다
이러는 동안
삼팔선 터진 한 달이 넘자
충청남도
전라북도 이어
전라남도 대부분이 인민군 세상 된다

아니 7월에는
전라남도 해안 일대와 여러 섬들마저
마을 인민위원회
면 인민위원회
군 인민위원회가 들어선다

아침은 빛나라 이 강산……
북한 국가가 들린다

원수와 더부러 싸워서……

임화 김순남의 인민항쟁가가 들린다

태백산맥에 눈 나린다……
빨치산의 노래가 들린다
김일성 장군의 노래가 힘차게 들린다

스탈린 원수 각하
김일성 장군 각하의 사진이 걸린다

이승만의 사진은 어디에도 없다
태극기도 없다
그 대신 인공기가 걸린다
동네 부잣집 머슴
인민위원장이 된다
숨어 있던 누가 나타나
군 인민위원장으로 설친다

나는 이북에서 내려온 인민군 다섯 명을 보았다
내 또래인가
내 또래 바로 아래인가
새파란 소년병
몇 마디 말씨
그들이 얼마나 산골 순둥이인가
오직 그들의
어깨에 멘 따발총이 두렵다
탱크를 땅크라 한다
딱 한 번 땅크가
남광주에서 화순 쪽으로 가는 것 보았다

1950년 여름 삼 개월
한반도 이남
대부분 인민공화국
대한민국은
경상북도 절반
경상남도로 축소되었다
아니
경상남도조차
마산지구 위험한 상황
그래서
천만다행으로 피란 행렬로 살아남아
임시 수도 부산에 온 서울 사람들
이제 부산에 인민군 나타나면
부산 앞바다에 투신자살밖에 할 일 없다고
제주도로 건너가는 것밖에 살길 없다고

밤마다 설미치기도 한다
아니
아니
피난 온 정부 장관 나으리 가족이야
남몰래
부산항 선박 한 척 비싼 값으로 임대하여
거기에 밤마다
가족과
막내딸의 피아노까지 실어 놓고
여차하면 일본으로 도망칠 계획을 세워 놓는다
이런 부산 피난 시절
한 청년 시인은
해방 후 월남해 서울 살다가
이번 전란으로
부산에 내려온 직후
광복동 다방에서 음독자살
그러나 어디서고
살려고 바둥대거나
훔치고 빼앗기 일쑤
공갈 협박 일쑤
속이기 일쑤인 하루하루 굶주려 죽어 간다
이런 후방의 지옥과 함께
날이 새면
달라지는 전선의 최전방
이남의 학도병들
이북의 십대 인민군들
총알받이로 죽어 나간다

피범벅 개울이고
송장 무더기 골짝들 이루있다

이런 전란의 후방
광주 일대
내 고향 일대 역시
인공 치하 인민위원회 시대
나는 거의 날마다 부역에 나간다
6월 이전 우익 정부도 무서웠으나
새로 온 인공 정권 인민위원회도 되게 무서웠다
더구나 나 가까스로 살게 된 내력
여수 14연대 봉기군이다가
지리산 토벌군이다가
어찌어찌 살아 있는 신세라
누가 나서서
나를 추궁하면 영락없이 또 잡혀갈 터
아주 고개 숙여 복종하지 않으면 안 된다

누구보다 나는 부역 노동 열심이다
인민군 군용 도로 보수 작업
송정리 비행장 보수 작업
인민군 중대 주둔 막사 제초 작업
뱃속 텅 비어
꼬르륵 소리 나도
작업 태만 없이 땅을 팠다
야간에는 밤 이슥토록
마을 고명수 영감네 집으로 가

이북의 혁명가를 익힌다
김일성 장군
스탈린 원수 예찬하는 강연 들어야 한다
낮은 부역 동원에 충실
밤은 사상 주입 인민 교양의 의무
그렇지 않으면
동무 반동이야! 낙인찍히면
쥐도 새도 모르게
어디론가 끌려가 사라지거나
마을 인민재판에 회부
죽여라
죽여라
죽여라
바로 즉결 처분 당하고 만다

이런 공포의 나날
논의 나락 익을 무렵
1950년 9월 중순
광주 일대
전남 일대에서 인민군 철수
각 마을
각 고을 인민위원회도 부녀동맹 청년동맹도
흐지부지

좌와 우
우와 좌 잠시 공백
이번에는 대한민국

이번에는 인민공화국
다시
이번에는 대한민국
나는 그때마다 그때마다 살아 있다
풀잎 같은
풀잎 이슬 같은 목숨
걸핏하면 스러지는 목숨
그 숱한 죽음 가운데서
나는 뚝새풀로 모진 억새로 살아 있다

아 국방군이다가 반란군이다가
다시 국방군이다가
도망병이다가
구사일생 고향에 돌아와
인공 부역
수복 후 다시 대한민국 국민으로
올데갈데없는 가난 속
하루 세끼가 어디 있는가
하루 한 끼라도
얼마나 다행인가

1950년 한반도 6·25사변
그 남북전쟁이자
그 세계전쟁
지구상의 21개국 참전 국제전쟁으로
처음으로
한반도가 세계지도 위로 등장한다

세계 각 지역에서
코리아가 어디야
코리아가 어디야 하고
동아시아 *끄트머리*
중국 대륙
일본 열도 중간 반도 땅
그 삼천리 강산이 세계의 시야에 들어간다

이 뜨거운 여름의 전쟁
겨울을 맞아
더 격렬해지고
삼 년간의 격전
몇백만 명이 죽어야 한다
몇천만 명이 살던 곳을 잃어야 한다
그해 가을
한반도 중부 요충지 인천에서
그 전쟁의 전환을 이룬다
그동안 북의 김일성 인민군은
한반도 땅을 대부분 점령하지만
더 이상
그 점령을 지속하지 못한다
8월 15일 해방 기념일을
나머지 부산 해방으로 못 박아
인민군을 독려하지만
그의 힘은 더 이상 나아가지 못한다
다만 낙동강 사수死守를 내건
대한민국 이승만 국군과 유엔군에게

극비 특수작전이 태어난다

그 누구도 예상하지 않은 작전

그래서
한반도 서해안 군산 일대
함포 사격
공군 폭격
한반도 동해안 울진 일대
함포 사격
공군 폭격으로
얼핏 전선을 교란시키는 양동 작전
극비의 작전이
어둠 속에서
뜻밖의 어둠 속에서 착착 진행된다

드디어 맥아더 진두지휘의 인천 상륙 성공

이 허 찌른 작전으로
남하南下
남하의 전세戰勢에 사로잡힌
김일성의 병력은
남하 전선에서 어쩔 줄 모르는 혼돈 속
그나마 남은 화력 다 써 버리고
알몸뚱이 전사자만 쌓여 간다
남은 패잔병
북으로 북으로 산중으로 달아나며 죽어 간다

이로부터 전세 역전
국군의 사기
유엔군의 사기충천
더구나
미군도 제2차 대전 잔여 무기 다 쓰고
신무기 개발
제트기로 하늘을 제압
서울 수복에 이어
북진 북진으로
이번에는 남하 남하의 인민군 넘어
북상 북상으로
평양을 점령 수복한다
미 공군의 맹폭으로
이북의 수도는 완전 폐허가 되고
김일성 정권은
압록강 건너 도망쳐야 했다

제트전투기를 이승만 처갓집 비행기로
오스트리아가 오스트라리아*로 잘못 알려져
두메 농촌 논투성이들
호주기 날아간다
대통령 처갓집 비행기 날아간다
이제 빨갱이 인민은 갈 데 없다고 두런두런

광주 일대 인민군 중대 병력도
북으로 도망치다 막혀
지리산으로 들어가

● '오스트레일리아'의 입말.

그곳 빨치산과 합류
이북의 지령 체제로 되어간다

국군과 미군은
한반도 북단
압록강 기슭에까지 북상
일거에
한반도 국토가 하나로 될 직전
저 삼수갑산
저 백두산 밑 혜산진까지 육박하여
내일모레면 두만강까지 북상할 기세
사기충천
이승만은 피난지 부산에서
서울 경무대로 돌아왔다가
평양역전 광장
북의 인민들에게 자유를 외친다

남조선 해방이
어느새
북한의 자유 만세로 바뀌었다

아니 유엔군 원수 맥아더는
이내 중국 만주 지역까지 건너갈 기세
그러나 그해 겨울 맥아더 해임
1950년 12월
1951년 1월
중국인민해방군 인해전술이

190

압록강 빙판 건너
평안도
함경도 반격작전으로 남하한다
이제 국군과 유엔군의 전과戰果 무너지며
끝내 서울이 다시 적화敵化되어
서울 중앙청에 중공군 팽덕회가 온다

이것이 1951년 1·4후퇴

중공군은 어느새 오산 일대까지 내려온다

그 이남의 세상
다시 절망의 세상
박두진 작사의 '중공 오랑캐'를 불러도
아무런 희망도 없는 세상
국군 병력 막대한 손실로
제2국민병 징집이 전시 국회를 통과한다

나는 고향에서 빈둥대다가
제2국민병으로 쏜살같이 입대한다
당장 먹고사는 것 해결하는 군대 아닌가
싸움터 나가 죽는 것 말고는
군대야말로
나의 적성에 맞아
다시 나는 군대 생활에 뛰어든다
일제 말 일본군 군속 이어
해방 뒤

191

국방경비대
국방군
아니 12연대 하사 경력으로 뼈가 굵었다

나는 제2국민병 입대하자마자
국민병 훈련 담당 하사관으로
오합지졸
노병
소년병
어중이떠중이
농촌 청소년 바지저고리
그 난장판을
한 놈 한 놈 군기 잡아
속성速成 병력으로 만들어 간다
대대장이
7개 부락 출신 장정들로 구성된 소대를 떼어
나에게 통째로 맡긴다
벼락같이 소대장이 된 나
정식 국군 계급장도 없는 지휘관
하지만 대대 가운데서
가장 군사 훈련이 잘된 소대가
나의 소대로
연대장의 격려 독차지

제2국민병은 정식 군과 달리
군량도 군복도
제대로 보급된 적 없이

속칭 거지부대라
7개 부락 이장里長들이 찾아와
7개 부락 출신 장정 동원을 호소한다
한동안은 부대 밖 날품팔이도 하고
부대 밖에 온
부모나 일가붙이 만나
주린 입에 풀칠도 한다

나는 내 부하들의 이런 고충으로
하룻밤을 고민하다가
내 재량껏
그들을 살릴 길을 찾아보았다
상부에서 알면
나는 곧장 영창에 갇힐 판
나는 각오한 뒤
다음날 내 복안대로 실시한다
내 7개 부락 출신 소대원 전원
새벽 4시 기상
연병장 집합
실전 기초 훈련을 마친다
이것으로 하루의 훈련 일과 마친 것으로 한다
그런 뒤 아침 8시
각 마을로 산개
마을 농사 작업에 투입된다
소대장 김기삼 명의 출입증으로
소대원들을
그들에게 배당된 마을에 보내고

저녁 6시 귀대한다
이런 비상조치 재량으로
소대원은 굶지 않고 용돈도 번다
그런가 하면
새벽 훈련으로 오합지졸이 달라진다

한 달이 지난다
한 달 달포
기어이 나는 헌병대에 끌려간다
영창에 처박힌 사흘 뒤
상사인 대대장 홍영식이 달려와
나의 검거를
강하게 항의한다
새벽 기상
열심히 훈련시키는 지휘관을 왜 가두는가
당장 내놓아라
우리 대대 병력 강화에
이보다 더 큰 차질 없다

나는 단서가 붙은 채 영창을 나온다

그래서 나는 광주 외곽에서
멀리 떨어진 순천으로 전출
내가 받은 소대 병력 사십 명도 함께였다
또다시
나는 순천으로 오게 되었다
순천에 와

순천에서 봉기군이 되어 버린
다시
순천에서 토벌대가 되었다가
이번에는
정식 국방군 국군 아닌
제2국민병 계급 없는 소대장
이상야릇한
비상시 선임하사
내가 이끄는 소대 병력은
그야말로 나를 중심으로 똘똘 뭉쳐
말똥구리
쇠똥구리
아니
무쇠 덩어리로 굴러간다

내 소대는 조금 뒤 산악 빨치산 토벌 작전
제일선에 투입된다
지리산 여러 마루턱
광양 백운산
심지어
송광사 선암사의 조계산
화순 백아산의 빨치산 병력 강화로
한층 후방전투 치열해진다

본래 한반도 남단까지 적화敵化된 뒤
인천 상륙 이후
북진이다가 북상이다가

195

중공군 참전으로
중공군 낙하
한반도 중부까지 이르자
한반도 공산 체제 부역자들
퇴각 인민군 잔여 병력
북으로의 행로 막히자
일제 시대
아니
조선 시대 이래
민중 봉기이거나
반일 세력 좌익 사상 계층이거나
지리산 산채에 은거해 온 나머지들
다시 집결하여
지리산 일대
백운산 일대 산촌 민간을 지배한다

나의 소대는 다른 소대 흡수해
중대 병력 확보한다
제2국민병 기초 훈련 수료한 뒤
바로 순천 주둔 제2국민병 대대로 온 병력이다
나에게는
낯익은 산악 전투 현장이다
낯익은 공비 토벌전 최전선이다
내 작전은 기발하다
다른 중대는 상상할 수 없는 작전
아니
부대 전체에서도

전례 없는 작전
첫째로
나는 망원경 쌍안경을 용케 확보했다
부대에도 없는 무전기도 확보했다
백운산 여러 골짝들
내 작전 시계視界에 일목요연
백운산 또한 여러 골짝으로 솟아오른다
그러나 수백 줄기와 작은 수천 줄기
크고 작은 수만 골짝으로 한 세상을 펼치는
백운산 건너
저 지리산과는 전혀 다른 쉬운 산
나는 14연대 봉기군 때나
봉기군 이탈의 토벌군 때
이미 첫 산악 전투로 백운산을 익힌바
백운산 긴 도곡천
그 긴 골짝 폭넓은 계곡 서쪽
광양군 봉강 성불골
도솔봉 형제봉 비탈 아래
성불사 건너
여러 높고 낮은 봉우리들 그곳 후미진 숲속 거기
내 쌍안경 돌아가다 멈춘다
그 숲속 공비 진지 한쪽을 발견
곧장 나는
은밀히 간수한 무전기로
중대 3개 소대 단위
성불사 작전을 명령한다

나의 특별 토벌 작전은 전과 혁혁했다
그날 다섯 시간 소요된 토벌로
공비 서른여섯 명 생포
십여 명 사살
공비 총기 99식 이십여 자루
연대장의 격찬을 받은 날이다

그날 이후
나에게는 '부처님 손바닥'이라는 별명이 붙었다

우리 토벌 부대뿐 아니라
지리산 지구
조계산 지구
회문산 지구
노령산맥 지구까지
내 중대 토벌 작전을 모범으로 삼는다
따라서
나의 중대뿐 아니라
우리 백운산 토벌대는
더 이상 제2국민병이 아니다
거의 퇴각을 모르는 산악전으로 실전實戰의 명수

이번의 산비탈에서
나에게는 아무런 공포도 없다
사변 이전
내 기구한 신상 변화로 살아난 이래
이제 나는 백운산 주봉 도솔봉

그 주봉 아래 위장 토굴 속
아무런 위험도 없다
기껏
적군의 총알 한 개
내 철모 안에 들어와 급회전하는 사이
내 머리둘레에 화상을 입은 것밖에
이런 총알받이로도
나는 전혀 놀라지 않고 머쓱 웃었다
그러던 어느 날 밤
내가 카빈총 총탄 장전한 채
야간 순찰을 돌고 나서
내 막사 숙소로 돌아왔다
그런데 내 야전 침대에 의무병이 곯아떨어졌다
하루 내내 부상자 치료로 지친 나머지
아무 데나 다리 뻗고 잠에 빠진 것
나는 그를 깨우려다 말았다
나를 따른 하사가
잠든 그를 흔드는 것도 제지했다
걷어찬 담요 다시 덮어준 뒤
나는 다른 막사로 가다
막사 밖
풀 언덕에 담요 깔고 잠을 청했다

탕!

얼핏 잠든 나는 깨었다
분명 수류탄 터지는 소리였다

수류탄 명중 폭발은
공비의 보복 작전이다
내가 그들의 척살 목표였다
부대의 다른 막사가 아닌
내 숙소가 그들의 표적이 되어
치밀한 작전으로
토벌군 부대 안까지 침투한 것
그러므로 아군 내에도
적군 첩자가 있는 것
그러나 내 생명은 여기서 끝나지 않는다
삼 년 전에도
지리산 구사일생 살아남고
이번에도 의무병이 나 대신 죽었다
나는 그 의무병 유호석의 명복 빌고 빌었다
나 대신
그대가 희생이구나
미안하다 미안하다
호석아 미안하다
나는 의무병의 죽음으로 깊은 자책에 빠졌다
그날 밤 내가 그를 깨워 내보냈다면
나 대신 죽지 않았을 터
얼굴은 고사하고
몸통도 온전한 데 없이
처참하게 살점 흩어진 그의 주검
소나무관에
이것저것 담아서
연대 본부로 메고 갈 때

나는 우두커니 서서 눈물 바람뿐이었다

그 이래 나의 토벌 작전
치밀 또 치밀로
백운산 토벌전투 어느 정도 결판이 나기 시작한다
도솔봉 밑
공비의 본거지
노동당 전남도당 일진
지리산 노고단 쪽으로 피신 첩보 이후
내 중대를 비롯
대대 규모가
약간의 경계병력 남겨놓고
순천 시내
순천 농고에 주둔한다
학교 안 부대는 엉성한 철조망 경계로
군대와 민간 농가가 갈라선다

나는 부대 울타리 철조망 밖의
배추밭의 아낙네들 웃음소리를 듣는다
저 산중에서는
공비 토벌전의 총소리 기관총 소리
귀청 찢어지는데
거기에서 백 리 밖 여기
오랜 평화의 농촌 광경이 딴 세상이다
아니 겨울철인데도
뚝새풀 독새기는 파란 힘을 뽐낸다
무우밭에는 똥개도 나와

주인 아낙을 졸졸 따라다닌다

집으로 안 가
하고 돌을 던져 돌 맞아도
쨍쨍거리지도 않고
저만치 물러섰다가 다시 온다
그런 동네 아낙네 속
한 색시도 끼어서
얼갈이배추를 뽑아 올리고 있다
눈이 거기 꽂히지 않을 수 없었다
나는 얼어버린 채
철조망에 대고 굳는다
그 색시 눈길이 어쩌다 철조망 쪽으로 와
마치 서로 지남철인 듯
저쪽 눈길
이쪽 눈길 부딪쳤다
색시의 눈길이 곧 피해버린다
저고리 옷깃 여미고
배추 다발을 양푼 안에 세게 담는다
큰어머니 저 먼저 갑니다

최중자 그녀

그 뒤 나는 부대 이탈
그녀의 집을 알게 된다
그 집 앞
그 집 뒤

그 집 건너 다른 집 앞
밤이면 영락없이 부대 영내 탈출
철조망 한군데 뚫고 드나들어
기어이
그녀 최중자를 만난다

세 번
네 번
그다음 나는 그녀의 손을 잡는다
그녀가
손을 빼지 않는다

그러다가 중대장이 나의 부대 이탈을 안다
엄중한 경고
지금 우리 군은 잠시 후방 질서 임무란 말이다
다시 토벌 일전에 참가하기 전
부대 전력을 보강 중인데
자네 같은 개구멍질은 총살감이다
그런데도 둘의 밀회
위험 속
공포 속에서 더 뜨거워진다
둘은 대담하다
중자도 나 기삼이 못지않다
이미 선을 넘었다
선을 넘어도
한두 번이 아니다
처녀 최중자는 이제 처녀 아닌지 오래

기삼이 못 만나는 밤이면
밤새 못 견디는 사랑으로 뜬눈
이 사실을 어머니가 안다
어머니야말로
딸의 무엇을
딸의 마음과 몸 가장 잘 안다

어머니는 대담하다
음식도 잘하지만
남편 바깥양반이 몸져누우면
선뜻 나서서
논의 쟁기질도 하는 당찬 아낙
그 어머니가
철조망 친 부대 위병소에 달려가
부대장 면회를 요구
부대장 김희준 대위를 만난다

당신네 부하가 우리 딸을 버려 놓았소
아무리 토벌대라지만
이대로 두면 안 되겠소
이참에
두 연놈들 짝지어 부부로 만들어야겠소
다행히
당신네 부하가 건장하고 심덕도 있는 모양이오

이런 요청으로
부대장이 주례로 나서

순천농고 안 부대장 집무실에서
신랑 김기삼
신부 최중자의 간이 결혼식이 있게 되었다
고향 추월리에서도 먼 순천까지
형과 형수 누님이 왔다
그 뒤
나는 한동안은 부대장 배려로
영외 처가에서
신접살이를 벌인다
나의 본적지 호적에
내 아내 최중자가 올랐다

그 뒤 나의 병영 생활이야
후방 토벌 작전으로부터
6·25사변 최전방으로 이동 명령을 받는다
1952년 제2국민병 소집 이래
이제 나는 최전방 치열한 주야 전투로 나아간다

수도사단 사단장 송요찬은 석두石頭라 한다
또 달밤 호랑이라 한다
그러나 수도사단은 궤멸의 비운으로 없어졌다가
다시 여기저기 병력 차출로
급한 나머지 엉성하게 편성된다
이어서 전렬 정비 수습
막강 중공군과 맞선 고지전에 투입된다
마침 휴전선 왈가왈부 끝
미군 측 장교와

중공군과 북의 인민군 장교가
적지 개성의 일제 시대 여관에서 만난다
이 휴전 회담은 지지부진
서로 제 주장 강변한 나머지
걸핏하면 회담 중단하다 말다
다시 회담이 이어진다

이러는 동안
휴전 이후의 판도版圖 확보를 위해
산 하나라도
골짝 하나라도 차지하려고
양측의 필사적 백병전
극단의 혈전에 이른다
이른바
피의 능선
단장斷腸의 능선
수도 고지
스탈린 고지
김일성 고지
812 고지
고량포 전선
고성 동부 전선
중부 전선 백마고지
철의 삼각지
서부 전선 판문점 모산전
송악산 고지전
아 금천 전투

평강 전투
351 고지전

중부 전선 격전지 특공대 투입 당시
1952년 10월
나는 정식 군번 받는다
철의 삼각지 빼앗고 빼앗기기 다섯 번
그 뒤로 화천 지구 고지전에 배치된다
후방 순천 처가 아내의 편지
내가 아비가 되었다는 소식
아내가 첫딸을 낳은 것
명희라고 이름 지었다
내가 속한 제2중대 전투 95명으로
칠흑의 밤
폭우 속 전투에서
누가 적군인지 아군이 모르는 어둠 속
다음날 아침이면
전우의 주검 하체만 남은 시신 널린 것 두고
벼랑진 고지 굴러 돌아온다
살아도
산 것 같지 않다
날마다 죽어 널브러진 시체
방금 전의 소리 질러 적을 위협하는 목소리
간데온데없어진 시체
그 전우의 시체 끌고 내려올 때
총탄 퍼붓는 것도
더 이상 비통이나 고통도 없는 무감각으로

오직 본능만 남아
숨 막히는 전투 동작 이어간다
그러다가
아내의 얼굴 떠오른다
저승의 어머니 얼굴 떠오른다
아직 본 적 없는 태어난 딸의 얼굴 상상으로 떠오른다
이런 가족의 핏줄만이 현실
나의 전투 현장
강원도 산악지대 전선이 도리어 비현실

1951년부터
전쟁 난 뒤
일 년도 못 되어
어디선가 휴전안이 꿈틀댄 이래
한국의 후방 중립 노선이나
미국 본국
쏘련 정권에서도
슬슬 정전 계획이 싹터 자라다가
1952년 저물기 전부터
정전회담장
서로 고성 지르고 삿대질하다가
조금씩
조금씩
정전 추진 중
남이나
북이나
최후 백병전으로 한 치 땅이라도

더 내 것으로 만드는 사투死鬪의 하루하루
나는 수도사단 기관포부대 분대장으로
소대장 장교가 죽은 뒤
소대의 화력火力을 다 지휘한다
일 년 삼 개월 동안
나의 기관총 분대는
수만 발의 총알로 적을 쓰러트린다
그리하여
사단 1연대 전멸의 치욕을
나의 부대 활약으로 사기충천
단장의 능선
그곳이야말로 나의 생사현장이다

전투 중
피아 총격전으로 귀청 먹먹한데
내 기관총 옆
무엇인가 픽! 하고 처박힌다
포탄이다
중포탄이다
그런데 불발탄이었다
나는 죽었다 하고 반죽음 속
나는 살았다 하고
온몸에서 힘이 빠져나간다
그때
눈앞의 적병 모습이 나타나자
무작정 기관포 총구를 들이대 갈겼다
새벽녘 전투

한낮 내내 그칠 줄 모르는 총격전
포탄 폭발 바로 옆에서
방금 몸 갈기갈기 흩어진 전사자 옆
아무런 의식도 없어진 나
한동안 멍하다 핑 피잉
총알 스치면서
내 의식은 돌아와 다시 두 눈 부릅뜬다
여름날 비지땀 범벅
허벅지 찢어진 통증 욱신욱신
내 기관총좌 불을 뿜는다

한밤중 칠흑 속 백병전
내 옆의 소총 보병 둘이 벼랑으로 떨어졌다
저 아래 비명 한두 번 뒤
아군 적군 분간하지 못한다
아군 쪽에 오인으로 총탄을 퍼부은 적 있음을
나중에야 알게 된다
나는 어둠 속에서도
백병전 사격이나 총검 찌르기 전
대담무쌍하게
상대방 철모 벗겨
대가리를 만져본다
빡빡 깎은 머리면 중공군이다
목 졸라버린다
총검 박아버린다
죽거나
죽이거나

그것밖에는 어떤 여지 없다
캄캄 철벽 어둠이 물러난다
먼동 튼다
백병전 현장이 희뿜희뿜 보인다
여기저기
전사자 흩어져 있고
중상자 신음소리 들리다 만다
아직 위생병 들것이 오지 않는다

아 천지 무정無情
나는 중대 기관총 분대장인데
전투 최전선
백병전 선임하사로
얼치기 소대장으로
내가 고지 탈환전을 시종 지휘한다
기관총
기관포를
노련한 하사에게 맡기고
내가 총검 빼들고 적병들에게 달려든다
나의 중대 병력 한쪽이 무너지며
저만치 소대장이
적병 세 놈에게 포위될 때
내가 뛰어들어
사색死色의 소대장을 구출한다

어이 기삼이 자네가 내 은인일세

211

이 한마디가
한쪽 다리 총검 찔린 부상자로
후방 야전병원 실려 가며 남긴 말이다

단장의 능선 고지전
일 년 내내
극한의 화력전 이어 육탄전
고지 점령
고지 포기
다시 고지 탈환
고지 퇴각
이러한 승패 번복의 최전선에서
나의 생존이란
최대한 적진 가까이 육박하는 것
전진에서 멀수록
나는 사격의 표적이 된다
그리하여
나는 적진의 턱밑까지 찰싹 붙어서
적군의 사격 사각지대 안
내 사격만이 활발해진다
이런 내 생존 기술로
적군 사살 실적 과시한다

나의 당돌하고 대담한 적진 근접으로
기어이
적진 후방에서 날아온 포탄 작렬로
내 몸뚱이 붕 떴다 떨어졌다

해 질 녘
산비탈 한쪽은 어둠
그 어둠 이쪽
아직 환한 바위 비탈
바위에서 튀어 오른 포탄 파편이
내 몸 어디를 파 들어왔다

그토록 자신만만 내 심신이었다
그토록 용기백백 내 의지였다
그런 철석이 한 줌 모래던가
나는 실신
한참 뒤 나는 아직 죽지 않고
의식이 돌아왔다
눈 떴다
저문 하늘이 있다
그러나 내 귀에는 어떤 소리도 없다
반사적으로 나는 아군 쪽을 찾았다
절뚝이며
바위와 바위 사이 뛰었다
아군 지역인가
나는 다시 정신을 잃었다

수도사단 위생병의 스리쿼터에 실려 갔다
화천 읍내
간이 육군병원
출혈 낭자한 내 팔뚝과 엉덩이 쪽 지혈 뒤
화천 떠나

춘천 야전병원
포판 파편 제거 수술 마친다

어제
그제의 피범벅 전사자 널린 고지
그 고지전 현장
이제 꿈속의 꿈인가
나는 종일 침대에 누운 환자 신세
이어서 군용열차와 의무대 차량에 태워
장거리 이동 끝
마산 수도육군병원 외과 환자 생활이
내 하루하루였다

1953년이 왔다
아직도 한반도 중심
서부 중부 동부 전선은 불을 뿜는 사투死鬪의 전선이다
바로 이 치열한 최전선이
그해 여름날
정전 협정 발효로
총소리 포 소리 공군의 폭음이 뚝 그친다
이름하여 휴전선
그 이전의 삼팔선 직선 대신
이 삼팔선 이름의 전투 현황 그대로
올라간 곳
내려간 곳
그 굴곡 휴전선의 역사가 시작된다
강원도 금성 지구

그 죽음의 고지전을 끝으로
금성천 강물은 적막해진다

이것이 휴전선의 시작
1953년 7월 27일 오전 10시
판문점 막사
그 이북은 북괴
이남은 대한민국

이 휴전이 한반도 전쟁의 끝
나 또한 휴전 뒤
바로 파란곡절의 군대 생활 끝

이제 나는 대한민국 육군 사병 제대로
평범한 국민의 하나
나는 전남 담양 소재
상이군인 요양병원 정양원에 들어가
사회 적응의 소기所期 절차로
무척이나 따분한 날들
그러나 유일한 행복이야
아내가 순천 친정에서
내 고향 주월리 왕래하고
광주 셋방을 얻어
담양 정양원에 면회 오는 날
무럭무럭 자라는 어린 딸내미 안아 보는 것
그지없이
그립고 그리운 아내 얼굴과 마주하는 것

이윽고 1954년 봄
나는 우선 정양원 부근의 농가에 세 들어
거기에 정착금 받아
구멍가게 차리고
집 앞 공터에
몇 마리 오리도 키우기 시작
아내와 딸
그리고 이어서 낳은 아들
네 식구의 가장 노릇이 내 일 아닌가
26세의 남편이며 아빠의 삶이
내 평생의 일 아닌가

아 8·15 생사의 혼란 건너왔다
아아
6·25 생사의 난관 넘어왔다
여기에
내 가족의 행불행이
또다시 나와 내 가족이 지나갈 낮과 밤 오고 있다

6.

나는 행운의 젊은 장군 정일권도 아니다
비만한 몸뚱이
일본 육군 장교 퇴물인
초대 육군 참모총장 채병덕도 아니다
6·25사변 전후
국군의 군기軍紀 해이의 책임도 전가하고
북괴의 침공 저지 작전도 실패한 나머지
그 자신이
한반도 대부분을 잃고
하동 전투지구에 가 전사한 말년 불운의 그 장군도 아니다
아니
나는 석두 송요찬도
여수 순천사태 직후
그 육군 내 남로당원 명부 팔아서
살아남은
일제 천황의 장교 박정희도 아니다
나는 나일 뿐 피투성이 무명 군바리일 뿐
나는 나 김기삼
한낱 있으나마나 한 소년이다가 청소년이다가

이제 한낮 국군 하사관 제대한
상이군인의 하나로 살아남은
무명 중의 무명
한 평민으로 돌아와
한집안을 이룩한 27세 사나이일 뿐
아무것도 아니다
아무것도 아닌
그 무명무실한 삶 속에서
나와
내 아내
내 딸과 아들의 삶을 이끌어가기 시작한다
나의 증조할아버지
나의 아버지가 그랬던 그대로
나도 한집안 식구들의 입에
하루 세끼 풀칠하는 삶을 이어가기 시작한다

새삼 한 가족의 살림 무겁다
내 어깨의 물지게
아내 머리에 인 함지박
하루하루 보내며
점점 무거워진다
나는 담양에서
털털거리는 버스 타고 광주 시내로 출근한다
누님의 남편
자형의 건설업에 종사
그 건설 현장 노가다 겸 재목 점검으로
광주상고 신축 교사 건축 공사장이

당장 내 일터였다
그 공사 뒤로
충장로 뒷골목
국민주택 현장도 내 일터였다
내가 맡은 현장 잡역으로
첫 봉급 받은 기쁨이야
무어라고 말할 수 없는 뿌듯한 만족
비록 쥐꼬리라는 이름이건만
제대 뒤
처음으로 내 노동의 값을 받는 만족
그러나 그것으로 생계는 어림없다
아내가 가사 겸직으로
가게 운영에 나서도
명절 앞두고
아이들 때때옷도 못 사는 형편이다
그러나저러나
나는 건축재를 받아오는 운송으로
토목업계를 알게 된다
또한
무등산이나 곡정, 구례 산판을 알게 된다
산판 벌목 사업도
심지어 불법 도벌 현황도 알게 된다
자형 밑에 있다가
좀 더 대우하는
외가 당숙 최지환 밑으로 옮겨가
광주 시외
목포 일대

남원 일대
멀리는 장흥 등지까지 왔다갔다 하는 삶으로
오늘 밤 곡성 태안사에 자면
내일은
영암 월출산 산판으로 달려간다
이런 출장과 출장 사이
하루나
하루 반나절이나
나는 내 식구들의 숨결을 만나는 기쁨 그것이
내 전부였다

이제 나의 세상은 오로지 가족이다
저 향토연대 4연대도 아니고
여수 14연대도 아니고
5여단 소속도 아니다
여수 순천 광양 토벌작전도
어쩌다
지리산 토벌대이다가
반란군 빨치산 노릇
그러다 다시 토벌대이다가
현장 즉결재판 직전 도망쳐
저 지리산 함양 영원사 삭발 승려이다가
함양 농가 머슴이다가
진주 고물상 일꾼이다가
어찌어찌 아슬아슬 고향에 돌아온다
방고래 뜯고 숨어 있다가
자수

선처
그 뒤 6·25 인공 천하
그 뒤 9·28 수복 이후
1·4 후퇴
제2국민병 훈련 담당 노릇
후방전투에서
전방전투로
수도사단 격전지에서 부상당한 뒤
제대 이래 시작된 부부생활이런가
딸과 아들 함께
이제 나는
내 제2의 인생인 가족 말고는
다른 우주를 모른다

나 밤이면 밤의 어둠이면
밤하늘의 별들 가득한 우주조차
내 가족 잠든 지붕 아래로 내려온다
나는 가족을 먹여 살려야 한다
살기 위해서 먹는다
먹기 위해서 산다
1955년 둘째 아들이 태어난다
27세의 나
25세의 아내
우리 둘은 벌써 세 아이의 부모 노릇
아기를 안아 보는 기쁨은
바로 아이를 길러 내는 무거움
문득 겁이 더럭 나지만

나는 그때마다 겁 따위 훅 불어 쫓아버린다
새록새록 잠든 젖먹이 보아라
얼마나 사랑스러운가
얼마나 어여쁜가
마음속 불끈 쥔 주먹 부르르 떤다
1957년 딸내미 명란이 태어난다
한 해 터울
셋째 아들 동수가 태어난다
바야흐로 나는 삼십 대로 접어든다
나는 명희의 아비이자
막내 동수의 아비이다
아내의 솜씨 좋은 반찬이면
어린 것들과
삥 둘러앉은 두레 소반
가족의 행복으로
아내 또한 고된 살림살이 고된 줄 몰랐다
제대 뒤
담양 신접살이
광주 월산동 셋방살이
이삿짐 리어카 몇 번이던가
1961년
서울의 4월혁명 뒤
제2공화국이
군사혁명으로
박정희 시대 열린 시절
우리 가족도 호남선 타고 서울에 갔다
1964년 8월 땡볕 아래 서울은 크다

나는 전투 중 국군의 가장 용감한 사병의 명예를 안았다
화랑무공훈장
미 유엔군사령관 표창
제대 후
제3공화국 대통령의 표창과 친필 서한을 받았다

이 사실을 경찰관인 친척이
국가보훈처에 환기시켜
나는 제대 상이군인의 국가 예우 대상이 된다
한국전력 특별 채용공고 뒤
나는 한전이란 안전한 직장을 얻는다
서울 아현동 산동네 판잣집이 삼 개월 뒤

나는 한전 서울 관내 검침 업무 익힌다
수습임시직원 육 개월 뒤
1966년 2월 인천지점 정식 직원으로 전근 발령

드디어 직장 안정
드디어 가족 안정

그러기 전이야 변소 하나로
아홉 가호 열 가호 식구들이 줄 서는 곳
셋집 주인 아낙
아이 많은 입주자를 거절한다
그래서 둘째 딸 명란이를
멀리 광주 누님에게 맡겨야 했고
아이들은

셋방살이 신세로 주눅 들어
골목에서도 머리 숙이고 어깨 축 처진다
그러나 이런 일로
슬퍼하거나 어쩌거나 할 겨를 없이
나는 아침부터 밤 통금시간까지
동분서주로 생활 전선을 뛰어야 했다
우선
옥수동 누나한테 연줄 놓아
자형의 영세 사업 일용직으로 품을 팔았다
신새벽에 나가
작업반으로 뽑혀야 했다
비 오는 날이면
공치는 날
빈 몸에
빈손으로 돌아왔다
안 된다
안 된다
나는 자형네 일용직 다음
생선 행상 노릇
방물장수 행상 노릇
그런가 하면
용산역 구내 적탄장積炭場에서
파낸 석탄 한 짐씩 받아다 팔았다
미군 부대
용산 유엔군 막사에서 흘러나온
지포라이터
미국 담배

미국 야전잠바 따위도 받아서
다방 돌고
골목 돌며 팔았다
이런 벌이로
일곱 식구
아내와
두 딸내미
세 아들놈 풀칠을 이어 갔다
한때 나하고 행상 노릇 함께한 조치원 사내
나더러 딱한 처지라 동정했다
왜 자네는 벌써
주렁주렁 딸린 것들 그리도 많은가
하나도 아닌
둘도 아닌
웬 새끼들 다섯이나 되는가
자네야말로
고구마밭
영락없는 고구마들이네그려
해송 소나무
다닥다닥 솔방울 달린 솔가지네그려

나는 그 소주 타령 술자리
안주 김치 한 가닥뿐
술 한 모금도 입에 대지 않았다

이런 제대 후의 산전수전이 끝났다
하루아침에

내 운명은
여기저기 떠돌이 일꾼이다가 행상이다가
어엿한 근무복 입은 직원 되었다

이제 나의 다른 운명 열린다

아내의 기쁨이 방안 가득
직장 가까운
인천 송림동 단칸방 셋방에 들었다
딸내미 명희는
비좁은 단칸방
아들놈 셋은
좁은 부엌 다락에 눕혀 재운다
벌써 큰딸 명란이는 초등학교 4학년
비오는 날도
공치는 날 아니다
공휴일 삼일절 광복절 비번非番
양력 정초에도 직장에 나간다
아내가 곤한 새벽잠 깨우면
부랴부랴
아침 8시까지 지사 사무실 출근부에 도장 찍는다
그런 뒤
내 담당 지역
육십여 가호와
일곱 개 공장
세 개 변전소의 전력 사항 이상 유무 점검한다
저녁 6시 이후까지

특별 전력 현황표 검침도 맡는다

새삼 나의 직장이야
정부 보훈처 복지 정책
상이용사 취업 알선 정책의 하나
나는 격전지 사선死線을 넘어
이제는 내 가정의 가장으로 만족한다
나는 술 담배도 모르고
월급봉투는
아내와 나의 투명한 금고 노릇
단 한 푼도 따로 쓴 적 없다

나는 타고난 모범 직원
지난날
아무런 지휘권도 없이
부대 기초 훈련을 이끌던 그대로
한국전력 모범 검침원으로 차츰 알려진다
주임도
차장도
끝내 지점장도
나의 무사고 근속
어디 하나
하자도 실수도 없는 근무 실적 알게 되어
나 자신도 뿌듯한 나날
나는 동료들과도
우의 다져 오며
그들의 안팎 고충을 돕는다

이제 나는 집과 직장 사이만이 내 세상
저 고향 주월리
내가 머물던
광주 시내
무등산 산자락
또 정읍 일본군 막사
4연대
여수 14연대
순천 광양
지리산 서쪽과 동쪽
진주
다시 광산 광주
백운산 제2국민병 토벌대
수도사단
중부 전선 산악고지
제대 후의 고향 산천
목포
어디
그리하여 서울 산동네
여기저기 떠돌다가
이제 서쪽 바다 저녁노을
인천의 하루하루가 나의 하루하루
인천시 송림동
인천시 외 부평지구 가가호호
그리고 한 달에 한 번
한국전력 인천지점 검침원 친목계 회식의 밤
입에 대지 않던

소주 한두 잔 댄 뒤
바로 집으로 가
자라나는 것들과 함께 있는 나
벌써 잠든 어린 것 막내 동수
물끄러미 바라보는 나
아직 자지 않는 딸 명란이
아빠 아빠 하고
이것저것 물어보면 대꾸하는 나
아내가
아랫목에 묻어 둔 밥상 차려
아내하고 밤참 반 공기 먹는 나
이런 나만이 참다운 나 아닌가
이것 밖에는
내 직장 인천지점의 전력노조 부평분회 복지부장이야
지난날 14연대 피복계 하사나
다를 바 없는 직장 동료의 의무일 뿐
직장과 집
집과 직장 이외에는 내 외골수를 바꿀 수 없다

어떤 야망도 끼어들지 못한다
우연히 거리에서 만난
지난날의 상사인 육군 장교가
다른 직장을 소개할 때도
나는 단박에 고사한다
다른 어떤 곳에도
얼씬대는 것 가장 싫다
저기압 무거운 어느 흐리터분한 날

인천항 쪽
외항선 기적 소리 깔릴 때
내 귀는 새로 열린다
이 항구 도시의 밤 불빛이
마치 내 사명인 듯
내 두 눈을 새로 연다

자고 나면
직장의 부평관리소에 가
바로 담당 구역 하나하나 확인하는 하루가 시작된다
동료들이 퇴근 후 당구장에 중독되어도
나는 당구장에 간 적 없다
술집 삼겹살 오겹살도
관리사무소 숙직실 섰다판도 기웃거리지 않는다

검침원 2년 차
이제 나에게는 업무 파악 뜨르르
상사 주임의 지시 앞서
내 스스로 업무를 수행
그리하여 주임 한성렬도 다 맡기기 일쑤
주임 대신 현장 민원도
내가 해결한다
주임뿐 아니다
지점장도 승용차까지 내주면서
나더러 부평지구 이외
다른 지역 전력 검침도 수시 임무 맡긴다

김기삼 씨 들어왔나?

퇴근 시각 되어가면 으레 이 소리가
지점장의 입에서 나오는 말
한두 번이 아니게
나를 술자리에 데리고 간다
하지만 나는 술에 빠진 적 없다
지점장의 단골집 홍탁● 잔치도
그저 일정한 흥취일 따름
이차 삼차 가지 않고
나는 집으로 가는 버스를 탄다
그리하여 지점장은
이따금 일개 검침원인 나를 희롱하기를
자네의 이차는
자네 마누라로군! 하고 웃는다
동료들도
나더러 동심계 회식 뒤
어이 기삼이
자네 이차와
우리 이차는 하늘과 땅일세그려 하고 놀려댄다

나의 임무 수행을
마침내 한국전력 본사 임원들도 알게 된다
어느 핸가
본사 사장의 격려금 봉투가
나에게 내려온 적 있다

● 홍어와 탁주를 아울러 일컫는 말.

한국전력 인천지점 부평지구 검침 생활의 행복
1년
2년
5년차
15년차
나의 황금기 십오 년 세월
막내는
인천 청소년계 뜨르르한 소년 호걸
어떤 상급생도 성인도 제압한다
그리하여 선인학원 백선엽 인엽 형제
형제 장군이
내 막내를 양자라고 자랑한다
지知
체體 구족
같은 또래 누구도 기에 눌려
납작 엎드리기 일쑤
그렇다고 인천 바람 휩쓸기보다
인천 앞바다 밀물 뒤로 하고
옛날 학이 날아오던 산들
문학산이나 어느 산이나 오르내리며
뱀도 흰 뱀도 벌레도
풀도 꽃도 각종 열매도 다 익히고
맥아더 동상 아래 놀이터 대장 노릇
집으로 오면 예습도 복습도 없이
시 소설 구해다 읽어 치운다
밤새워 문학 세계 활짝 열린다
막내 위

두 딸과 두 아들 네 놈들도 무럭무럭 자란다
이제는 제각각 출무성하여
외골수로 깊고
외골수로 옳다
이런 아들딸 길러내는 아내 역시
옛 시골 처녀 그대로
순박하고 정직하고
전란 속
잘도 견디어 낸 인내로
이제 남부럽지 않은 아내이고 어미 아닌가

인천 행복 십오 년 세월이란
아이들이 다쳐서
약 발라 주는 것
아이들이 앓아서
동네 병원에 가는 것
친정 부모 친상 당한 애통
시가 동서 고생만 하다가
세상 떠난 애통
이런 크고 작은 삼재팔난 밖에는
오늘도
내일도 이름 없는 행복 그것
삼 년 전도
오 년 후도 그대로의 행복 그것
이런 꿈 같은 가시버시 둘의 삶
내 새끼 다섯 삶이
내 세계이고 내 밤하늘의 세월 아닌가

나는 부평지구 검침 업무 이외에도
지점 민원처리반 업무
여기에 더해서
지점 영선부 임무까지 맡게 된다
한전 인천지점 실세가 되지 않을 수 없다
동료들은
지난날 군대 시절 그대로
자네는 왜 그렇게 건강한가
한 번도 앓아 본 적 없지 않은가
자네는 어찌 그리 영리한가
대번에 번개 쳐 알아 버리는 것 무섭네그려
아니 자네는 무슨 정력이 그리 좋아
아들딸 다섯이나 만드는가그려
더 낳을 것 아닌가

이런 선망도 희롱에도 나는 질릴 줄 모른다
무슨 소린가 하고
일소에 부친다
또는 상대방이 나보다 어른이라면
아니오
다 제 먹을 것
제 입을 것 타고 나는 것이 생명 아니겠소
나야
다섯 놈 외에도
더 낳게 되더라도 다 길러 낼 참이요
하고 대꾸해버린다

지난해 가을은 세상이 확 달라지는 사건으로
온 나라
온 세상이 발칵 뒤집혔다
대통령 박정희
비서실장 차지철
정보부장 김재규의 권총에 맞아 죽은 것

사람들은 유신 체제가 끝장났다고 했다
어제도 뒤숭숭
오늘도 뒤숭숭
내일모레는 더 뒤숭숭

그러나 나는 한결같은 한전 임무 중일 뿐
한결같은
우리집 식구 여섯의 가장일 뿐
나에게는
유신이고
유신 이후고 없다
오직 있는 것은 집과 직장 두 곳일 뿐
인천의 어떤 제대 장병 가로되
나를 부추겨
새 시대에 우리가 나서야 한다고
나를 앞장세우려 할 때
다시 나는 그들의 약속 장소에 가지 않았다

나는 어린 시절
아버지 세상 떠난 가난으로

남편 잃은 절망
두 아들 실망으로 양잿물로 세상 떠난
어머니와
형과 형수
그리고 시집간 누나
이런 가족 행복을 누리지 못한 것
그 가슴 휑 뚫린 것
이따금 오늘의 내 기억 속에 새겨질 때
집에 돌아온
초저녁 두레 소반 둘러앉은
큰놈
작은놈
막내 동수나
큰딸
작은딸내미 단발머리
부엌에서 더운 숭늉 퍼 온 아내
하나하나 눈여겨보면
내 숟가락 멈칫거리며
아하
하고 한숨이 나온다
이 행복이면 전부다 다른 것은 없다
불큰!
내 아랫뱃구레 힘이 난다

베갯머리
새끼들 잠든 뒤
아내에게 지난날 순천 부대 밖

부르던 이름
중자씨 하고 불러 본다
늙어 가는 아내가 내 등짝을 쓰다듬는다

이제 인천 시가지도
인천상륙 직후의 폐허 위
다닥다닥
눌어붙은 판자촌에 국민주택 지대가 생긴다
이층집도
삼층이나 사층 건물도 들어선다
아니
하인천 언덕 호텔도 들어섰다
항만 시설도 갑문 언저리도
마구잡이 야적장 정리되고
외항선들 늘어난다
나도 오랜 셋방살이 끝내고
서민 주택 세 칸짜리에 한 칸 달아낸 집
연탄광등 따로 붙은 집
내 명의의 집이 생겼다
월급봉투 중
아내가 저금한 것
내 곗돈 탄 것
또 내 상이군인 신분을 통한 저금리 대출로
아이들이 떳떳해지는
우리 집의 시대가 열린다

이런 십오 년의 행복으로

1970년 해가 저문다

돌아다 보면
내 생사기로의 피난 끝나
죽지 않고
죽지 않고
죽지 않고 살아나
오늘의 내 가족 일곱 식구의 삶이 있는 것

박정희가 죽고
박정희 부하
육군대령 전두환이
박정희 뒤를 이어
보안사령관
정보부장 겸직으로
유신 정권 권력을 송두리째 장악하고
탱크를 중앙청 앞에 대 놓고
신군부 공포 정치
전국 계엄령 선포한다
육군 총수 정승화를 대장에서 무계급 졸병으로 만들어
육군교도소에 처넣고
박정희를 쏜 김재규도 처넣었다가
교수형으로 없애버린다
서울 장충동 체육관에서
내가 대통령 각하이다 하고 안하무인으로 선포한다
이런 비상시국인데도
어제도

오늘도
내일도 나는 영원한 한전 기술직 기사일 뿐
어떤 악운도
어떤 재난도
내 평범한 하루하루의 출근 퇴근에는 없다
비 오면
우산 받친다
추운 날
외투 입는다
인천이 좋다
인천의 해 질 무렵 낙조가 좋다
항구 쪽 외항선의 기적 소리가 좋다
작약도의 봄날
직장 오락회
영종도의 여름날 백사장
가족 소풍
멀리 강화도 마니산 풍경이 좋다

나에게는 이런 세상이면 된다 이런 행복이면 된다

1970년대가 끝났다
1970년 겨울 평화시장 노동자 전태일이 죽고
1979년 가을 YH 노조 김경숙이 죽어
노동자의 죽음으로
한 시대 열고
한 시대 닫힌다
그리하여 1980년대가 온다

1980년에 첫여름 초파일 무렵
그러나
더 잔인무도의 시대가 열린다

5월 광주학살
그 무시무시한 참극
전두환 공수부대
거리에서
골목 골목에서
공중에서
탱크 불 뿜고
기관총과 소총 난사했다
총검 박아 낭자했다

나는 인천에서 아무것도 몰라야 했다
기껏해서
북괴 무장간첩
광주에서 활동하며
일부 몰지각 광주시민이 반란을 일으켰다는 것

나는 입 다물고
이 불쾌한 소식을 삼킬 뿐
직장에서 수군대는 소리 있어도
나는 입 꼭 다물고 일에 파묻힌다
그런 날들
한 달
두 달 간다

어느덧 그해 12월 8일
시가지 이곳 저곳
크리스마스 분위기이다
전파상 확성기에서
백화점에서
수복 후 우후죽순으로 선 예배당에서
크리스마스 캐럴 울려 퍼지고
미군 부대 앞이나
어디나
메리크리스마스 탑이 세워진다
옛날에 없던 명절
해방 후
미군과 이승만의 종교로
남한에 자리 잡아
인천상륙작전 뒤에 더욱 불어나
원조 식량 밀가루
교회에 가면 받아오고
구호물자
미국 양복 양장이
교회에서 나누어 준다
어느새 기독교 명절은 한국의 크나큰 명절
너도나도
하나님 아버지 아멘

그런 날이었다
큰딸 명희는 시집가서
조촐한 신접살이

29세
막내아들 동수는 일 년 전 입내하여 일선 부대 사병이다
입대 전은
집이나
밖이나 세상의 대장 노릇
무엇이고
한번 보아 다 아는 것
나를 빼다 박은 것 암 그렇지
이제는 애비가 전선에 있었듯
막내아들이 전선에 있다
비록 휴전 시대일 망정

오늘도 그런 날이었다
12월 8일 아침 7시 반
골목길 나와
큰길로 나와 버스 타기 전
길 건너에서
가죽점퍼 차림 건장한 사내 둘이
나에게 달려든다
깡패인가
어느 놈들인가
두 사내가
내 어깻죽지 발칵 붙들어
대기하던 검정 지프에 밀어 넣는다

무슨 영문인지 모르겠소
그런데 회사 사무실 열쇠가 나에게 있어서

이것을 회사에 돌려주어야 합니다

지금부터 당신은
그따위 걱정은 필요 없어

두 연행자는 나를 경찰이나 정보부로 끌고 가지 않는다
차의 뒷자리
내 양쪽에 버티고 앉은 둘 사이
나는 꼼짝 못 하고 갇혀 있다
둘 중의 하나가
자주 아주 묵직한 군용 무선통신기로
몇 차례 본부와 분실의 지시를 받는다
넷
넷
넷
명령대로 하겠습니다
넷
휴게소 통과하겠습니다

한동안 나는 한 연행자의 억센 손바닥으로
머리통이 찍어눌려
나는 내 무릎과 허벅지 쪽만 보고 있을 뿐
어디로 가는지 알 수 없었다
그러다가
인천 시가지 지나
주안역전인가
소래 평야인가

황량한 들판을 가로지르고 있는 것
인천분실도 아닌
서울 본부도 아닌 다른 곳으로 가고 있는 것

다른 지시가 내려온 뒤
차는 다시 방향 바꿔
부천 소사 근처로 가고 있다
그때부터 내 머리를 들 수 있었다
용산역에서
서울역에서 온 밤 열차에 탄다
객차 끝자리
열차 안에 한 사내가 더하여
나 하나를
셋이 감시 연행 중이다
서대전
논산
이리
그리고 정읍
내가 일제 시대 있던 곳
곧 장성 갈재
아 무등산이 왼쪽 원경으로 솟아 있다
광주
광주 시내 광주역
거기서 우락부락 몇 사람이 대기하고 있다
나를 태운 차 앞에
인도하는 차가 간다
일러 중앙정보부 광주분실

무슨 국가안전기획부로 개명한 그곳

나는 다시 머리 처박힌 채
어느 거리
어느 건물 안으로 갔다
어느 건물 지하실의 어느 방

세 사람의 담당이 바로 들어온다
연행자가 아니다
첫 만남에
구둣발로 내 정강이를 찬다
10여 분인가
내 몸의 여기저기가
구둣발차기로 쑤신다
이어서
야구 방망이를 쳐든 담당이
마구 내 어깻죽지와 등짝을 팬다
내 입에서
참다
참다
아이고 아이고 소리가 튀어나온다
그럴 때마다 방망이질은 더 세졌다
한나절이 지났는가
이 새끼 독종이네
간첩 훈련 단단히 받은 놈이네
이런 소리도 얼핏 들었다

밥이 나왔다
배고팠다
아니
배고픈 줄도 모르겠다

겨우 물 한 모금 마셨다 입술이 탔다
나는 그때에야
입은 바짓가랑이 묵직한 것 깨달았다
그러고 보니
코가 구린내를 맡았다
생똥이었다

이 새끼가 제법 사기 치네 임마 일어나

나는 화장실로 끌려가
아랫도리를 씻었다
아랫도리는 핏자국도 피멍도 여기저기

지하실은 낮인지 밤인지 모른다
하얀 형광등 아래
나의 시간은 고문받는 시간일 뿐
어떤 시간도 없다
울음도
무엇도 없다
나는 실신한 뒤 냉수 세례로
물 한 동이 뒤집어쓰고
정신이 돌아오면

다시 방망이 타작
다시 실신한 뒤
한동안 지나
가까스로 정신이 돌아온다 절망이 돌아온다
그때
나를 노려보는 수사관의 두 눈깔을
슬쩍 보았다

야 김기삼
너 고첩*이다
너
북괴 지령 받아 온 고첩 말이다
야 이 새끼
너 광주 놈 광주 광산 놈
너 광주 폭도 배후 조종한 북괴 고첩이란 말이다
뭐 남조선 해방
남조선해방이 광주인민항쟁으로 시작된다고
이 새끼 더 조져야 한다
나는 이틀 지났는지 사흘 지났는지
이미 내 육신은 거덜 났다
아니 내 의지도 감각도 무엇도 거덜 났다
한동안 시멘트 바닥
뻗은 채
나는 송장으로 방치된다
그럴 때도
옆방과
옆옆방의 고문으로 비명이 들려온다

* '고정간첩'의 줄임말.

247

나는 슬쩍 잠들었다가
칼날 같은 비명으로 깨어난다
다시 고문 전담반의 임무가 이어진다
마누라가 막내가 생각난다
그러다가 가족 생각도 지워진다
다시 내 몸뚱어리는 방망이 타작으로 버둥거린다
아이쿠
아이쿠
아이쿠
나는 시멘트 바닥 피범벅으로 나뒹군다
한밤중인가 새벽인가 신새벽인가
고춧가루 탄 물고문 이어
다시 무릎 꿇려
구둣발길로 널브러진 뒤
그런 중에도
바닥에 엎어진 채
잠이 온 모양이다
다시 구둣발길로
내 몸뚱이는 뒤집어졌다

일어나
일어나 이 새끼

한참 뒤 반장인 듯 지하실에 온 상사
다섯 명 수사관이 긴장으로 도열해 있다
반장이 나를 물끄러미 본다
금시계를 찼다

구두도 옷도 외국제인 듯
서류를 훑어본다 나를 다시 본다
억센 수사관이
억지로 내 고개를 추켜올린다

김기삼 씨 하고
처음으로 여기 끌려와 씨가 붙는다

김기삼 씨
당신은 북괴 간첩 김정남과 접선
고정간첩으로 활약했소
자 이제부터 당신의 직접 진술로 전부 자백하도록
우리는 당신의 고통을 가능한 한
감소시킬지
증가시킬지는
당신의 정직한 진술에 달린 것을
누구보다 당신 김기삼 씨가 잘 알 것이오
그동안 당신이 살아온 대한민국에 마지막 보답을 하기
바라오

반장은 내 등짝까지 한 번 토닥이고 나갔다

그러자마자
나는 다시 마구잡이 방망이질로 다듬이질 시작된다

이 새끼
너는 아직 멀었어

여기서 더 대접받아봐
이 새끼

이번에는 야전 침대서 빼낸 각목으로 매타작이다
칼로 베는 아픔
톱으로 써는 아픔
아니 송곳으로 찌르는 아픔
온갖 아픔의 종류가 다 오고 간다
이제 내 의식 없다
아득히
아득히 내 감각만 한 조각 남아
그것으로 내 아픔 속의 나를 알다 모르다 한다

수사관은
무턱대고
아무 부위나 무차별로 패는 것 아니라
급소나
취약 부위를 비껴
노련한 고문을 지속하는 기술을 행사한다
하지만 딱지 붙은 부위가
세 번이고
네 번이고 다시 피범벅
고통은
아무리 오래 받아도
고통은
늘 처음으로 새롭다
무법천지 지하실

이십 일이 지났는지
삼십 일이 지났는지
무지한 세월의 낮과 밤
고문 십여 가지가 차례로 온다
처음의 구둣발길
처음의 야구 방망이질 지나
나의 반항
나의 조작 자백 거부
더 이상 지탱할 수 없다

차츰 내 사건의 윤곽이 생겨난다
죽어 가는 극한 상황에서도
아직 직관이 남아 있어
사건의 내용을 추정한다

다른 방의 동정으로 보아
나는
나 하나의 단독 사건이 아니다
여기는 광주분실
광주사태 직후
광주 일대 동향에도 관련된 사건인 것
그리하여 전남 출신 광주 출신으로
광주 현지에서 떠난
서울 경기 지방 일원의 호남인 가운데
무작위인지
정권 판단인지로
각자 신원을 파악한 뒤

그들을 짜 맞추어 사건을 만든다
첫째 광주사태 후유증을 해소할 것
둘째 광주사태 북괴 개입의 물증 내지 심증을 강화할 것
대체로 이런 지침으로
서울
인천 등지의 호남 출신 인물을 포착
치밀한 사건 조작 중
내 아내까지 광주분실 연행

나는 피투성이 얼굴로 절룩절룩 두 다리로
끝끝내
간첩 자백을 거부한다

기삼이 너 지독한 놈
고정간첩 김기삼 너
너만이 아니다
네 마누라도 간첩이야 이놈아
들어보라우
네 마누라 고문받는 소리
네 귀때기로 실컷 들어보라우 이놈의 새끼야

바로 지하 2층 내 취조실 옆방에서
아내 최중자의 비통한 울음소리 들려온다
이년 발가벗겨
팬티까지 다 벗겨
이년 아직 몸 탱탱하구면
이 XX로 간첩 놈들 호강시켰지

갖은 모욕
갖은 욕설에
내 아내는 실신 상태로 중언부언
사나운 발길질에
몽둥이질에 이따금 아내의 비명만이 들린다

자 이년 오늘은 이만
옷 입혀라
옷 입혀 방 옮겨라

이런 고문실 팀장의 지시 떨어진다

다음날 다시 내 아내는 옆방에 온다

자 이제 네가 벗어 다 벗으란 말이다
이년아
다시 고문이 시작된다
다시 욕설 패설이 쏟아진다

아내 고문으로
내 필사적인 강제 자백 거부의 의지 흔들린다
수사관 간부가 지하실 순시로 내려온다

김기삼
당신과 당신 마누라만이 아니야
당신 자녀들 많이 두었군
삼남 김동원은

광주 비행장 미사일 부대 ROTC 장교로
미사일 정보 다 빼내서
아버지에게 보내오지
옳도다
부부 간첩이고
부자 간첩이구만
또 최전방 15사관에 복무하는 막내 김동수 있지
그놈을 휴전선 비무장지대로 끌고 가
즉결 처분 죽여버릴 수도 있어 쥐도 새도 몰라
잘 생각해 보라구 자수해야 광명 찾아
내 요절날 심신에
또 하나의 극한 고통 아닐 수 없다

마침내 나는 두 손으로 빈다
제발 아내를 풀어주시오
제발 아이들을 살려주시오
당신들 뜻대로 자백서를 쓰겠소

그리하여 다음날 아침
나는 불러주는 대로 진술서를 쓴다
여기저기 지장을 찍는다

그러나 아내는 풀려나지 않고
광주 시누이 집에 가둬 놓고
매일매일 감시하며
이따금 분실 지하실로 불러다 심문한다
아내도 이토록 삼 개월 동안 구금당한 것

나중에야 재판 과정에서 알게 된다

결국 내 아내가 공포 속
남편 석방을 기대한 나머지
이십여 년 전의 일을 말하게 된 것

이 자백이 나의 간첩죄의 방증이 된 것

내 사촌 김장남이
해방 뒤 고려대 학생이다가
6·25사변 9월 인민군 패퇴 당시
북으로 넘어갔다
그런데 그가 1958년 광주에 나타난 것
나는 제대 뒤
담양
광주 전전하며 생계 유지하다가
서울로 떠나기 전
북으로 갔는지
어디서 죽었는지 모르는 사촌 형 장남이 나타난 것

어느 날 숙부가 내가 없는 집으로 찾아온다

기삼이 너는 상이군인으로
열렬한 공산군 토벌과
최전선 전투에서 전공을 쌓은 국군 출신이다
그러니
내 아들 장남이

월남해 왔으니
우선 네 집에 하룻밤만 재워 주어라
꼭 하룻밤이다
그러면 내일부터 내가 다른 데로 데려갈 것이다

늦게 돌아온 나는 평소 별로 만나지도 않은
숙부의 애원이
아주 거북했다
그러나 세상 떠난 아버지의 아우 아닌가
그렇다면 형제 아니라도 사촌이라도
내 핏줄 아닌가
내 마음속 아버지 생각으로
이 숙부의 부탁을 아내도 단 하룻밤으로 묵인한다

북에서 온 사촌 형을 당국에 신고해야 한다
그렇지 않으면 불고지죄로
나는 감옥에 가야 한다
하물며
하룻밤이든
이틀 밤이든
그런 월남 빨갱이를 재워 주는 것은 더 말할 나위 없다

그런데도 숙부의 간절한 애원을
숙부의 눈물 바람을 거절하지 못한다
어쩌면 오늘 밤만 피하면 되지 않겠나 하고
나 역시 사촌 형을
하룻밤 재워 주기로 한다

그날 밤이 새었다
새벽녘
사촌 형은 감사하다는 말 남기고 떠났다
그것이 다였다

이 사실이 아내의 겁먹은 진술로 확인된다
안기부는 옳거니 하고 쾌재 연발
사건을 무리하게 조작하다가
이 간첩 접선이
이제는 한층 큰 사건으로 만들 기반이 된다
그리하여
광주항쟁 북괴 개입 내지
광주항쟁 북괴 개입 방증 사건으로
최상급 사건으로 강화된다

그리하여 지하실의 나는
어느새 이번 사건의 수괴가 되고 만다
수사 사건 발표는
김기삼 외 몇 명이라는 간첩 사건
새로 발전한 사건 확대 일 개월 동안
진짜 간첩들이 받는 극형 고문의 종류를 다 받는다
나는 숨만 깔딱깔딱 남겨진
하나의 주검일 따름
아니 하루에도 한두 번씩 저승에 다녀오는
하나의 모진 목숨 그것일 따름
하루 한나절 죽었다가 살아난다
하루 한나절 살았다가 죽어야 한다

이런 생사 오락가락으로
나는 간첩으로 고정간첩으로 굳어진다
언젠가는 북으로 갈
빨갱이 중 빨갱이로 만들어진다
내 엉덩이 몇 번이나 터졌던가
심지어 교도소 송치 이후에도
걸핏하면 안기부로 다시 실려가
엉덩이 터지고
어깻죽지 찢어진다
재판 앞두고
고기 사다가 내 엉덩이에 붙여 주며
빨리 나으라고 다그친다

나야 내 고통밖에 모르거니와
잡혀 온 뒤
가족들이 겪어내는 고통도 이만저만 아니었다
아내는 한 번 아니다 장기 강제 그리고 장기 유폐
철야 조사로 협박하기 일쑤
둘째 아들 동원이
ROTC 육군 중위였는데 제대시켜 버리는 신세 되고 말
았다

'광주지역 고정간첩단 일망타진'

이것이 나를 비롯한 상피고인相被告人 몇 명 싸잡아
잘도 짜 맞춘 허위 날조 간첩극

바로 이 조작 간첩극 주범主犯
김기삼 나는
수사 발표 그대로
1심 판결 그대로
1960년 월남한 사촌 형 김장남의 사주로
북괴 남파간첩의 직계 김기삼
인천 일대
중요 군사 시설
항만 시설
산업 시설의 기밀과 중요 정보를
북한으로 계속 보내고
새로운 지령을 받는 일을 계속해 왔다
그런 일의 최근 사건으로
광주사태 개입 범죄를 만들고
나와 여럿을 한데 묶어
고정간첩의 암약 사건으로 둔갑시킨다

나의 항변은 기껏해야 일주일을 넘길 수 없다
지하실의 고문 기구
골고루 내 신체에 동원될수록
내 신체
내 정신과 의지 파괴되어 간다
재판 1심
항소 2심 감옥에서도
내 고문 후유증은
여러 증상으로 내 삶을 파고들었다
물고문

전기고문
거꾸로 매달아 방망이질
손톱
발톱 찌르기
무릎 오금에 막대기 박아 누르기
쇠줄로 목 조르기
네 팔다리 가슴팍에
무거운 쇠뭉치 누르기 등등

이 새끼 고문 잘 받네
이 새끼 더 조져
더 센 것으로 조져

이런 고문하는 자의 무자비 가학은
내 어떤 진실도 다 없애버린다
끝내
이 주일
삼 주일 지나
나는 조사관이 부르는 대로 쓰거나
조사관이 찍으라면
순순히 내 지문 도장을 찍는다
가장 고통스러운 것
옆방에
아내 최중자 데려다 놓고
나 들으라고
아내를 발가벗겨 모욕하고
고문하는 것

이 치욕 끝
이 원한 끝
나는 부르는 대로 거짓 자백 진술서를 쓴다

그리하여 나의 안기부 진술서 완성
꼭 검거 일 개월 일주일 만이었다

이 진술서 다음날
나는
처음으로 고문 없는 하루를 보냈다
꿈 같은 하루
조사 없는 며칠
꿈결 같은 며칠

그러나 그것은 끝이 아니라 시작인 것
어둠의 시작인 것
절망의 시작인 것

나는 며칠 동안 밤인지 날인지 분간 없이
잠만 잤다
밥이 들어와도
잠만 잤다
점심시간 저녁 시간의 식판 그대로인 채

그러다가 그 공포의 지하실에서
오랜만에 지상으로 올라온다
엄청난 국가 역적 일인자가 되어 올라온다

나는 절뚝거리며 헛디디며 선다
곧장 검찰 구속 송치
악명 높은
광주교도소 미결감방 독방 죄수로
감옥살이 세월 맞이한다

나를 난데없이 간첩으로 만든 전두환 신군부의 작전은
착착 진행된다
저 1979년 12월 12일
세칭 12·12 사건으로
전두환 일당 주축으로
기존 유신 체제 육군 수뇌부를 해체한다
육군 일인자 정승화를
육군교도소 특별 감방의 죄수로 만든다
그 밖의 주요 장성들도
사살 감금 재산 몰수
강제 퇴역으로 제거한다
드디어
야당 지도자 김대중과
재야 민주세력 지도부
목사 시인 교수 등을
내란음모죄 계엄법 위반 국가보안법 위반으로
육군교도소 특별 감방에 처넣는다
이런 와중
광주 일대 시민항쟁이 일어난다
이 항쟁이
다른 지역으로 영향을 미친다

여기에
전두환 직할 공수부대로
광주항쟁을
죽음으로 진압한다
광주 일대나 전국에 걸쳐
극한의 공포 분위기를 덮어버린다
전두환 소장은
중장
대장이 된다
소장이 드디어 체육관 대통령이 된다
오후 9시 TV는 매일매일 땡전의 전두환이 큰소리친다

이러는 바깥세상의 저쪽
감옥의 나는 하루하루를 빨갱이로 산다
그제서야 한 달에 한 번의 면회
아내의 초초한 모습을 볼 수 있다
딸들은 빨갱이 딸네들
아들들은 간첩의 새끼들로
가까운 친척도
먼 친척도
서로 왕래하던 지난날이 사라졌다
아니
한 동네 이웃집도
말 한마디 걸지 못한다

북괴 간첩 마누라
이런 바깥의 모진 세월을

아내와
새끼들이 잘도 견디어 낸다

만 7년의 세월 동안 전두환과 이순자가
백담사에 유폐된 시대를 지났다
나는 만기 출소자로
전직 한전 전력기사가 아니라
새로이
전직 고정간첩으로 낙인찍혀
인천 떠나
다시 목포로 광주로 어디로
또 안성으로 전전하며
고개 숙인 사내로 살아야 한다

그렇다

이제 아무리 세상의 소외로 내몰려도
나에게는 한 많은 아내가 있다
나에게는 새끼들 다섯이 있다

1990년대 노무현 정부
과거사위원회
과거사 속 진실 탐색 사업 끝 무렵
그 마지막 과제로
내 사건에 대한 진실 파악이 시작된다
이미 상피고인들 세상 떠나고
나 하나만 생존자여서

그 조사명은

'김기삼 죄수 사건'

드디어
내 사건 재심이 이루어진 것
드디어
내 사건 재심 판결 무죄가 선고된 것

이제 나는 그동안의 세찬 고난 속에서도
용케 살림 꾸려 온 마누라
그리고 용케 자라나서
제 각자 삶을 개척한 딸과 아들과 더불어

70대
80대 노년의 삶을 누린다

허나 지난날의 악몽인가
자주 장농 설합 속에 누가 숨어들어
내 말소리를 듣고 있는지
아니
장농 밑바닥에 누가 숨어들어
내 누워 있는 것을 보고 있는가
불 끈 뒤
어둠 속 천정에 누가 떠 있어
나를 내려다보는지
아니 천정에서 모래가 쏟아지는지

이런 지난날의 공포와 고통의 흔적이 이어진다

그토록 내 굳센 아버지 어머니의 핏줄 이어받아
그토록 내 굳센 심신으로
언제나
어디서나 나 당할 자 없는 배짱으로
이 땅의 한 장부이던 나
이제는 저 전두환 시대의 고문 후유증으로
나 하나의 거동조차
늙은 마누라 보살핌 없이
누구의 도움 없이 생존 불가능한
요구호 노인이 되고 말았다

그러나
그러나
그러나
나는 내 가족과 내 고향 내 조국의 운명을 사랑한다
나 이후
내 딸과 아들의 미래를 사랑한다

한 무명의 삶이 무릅쓴 고난의 시대
그 바람 찬 비탈 돌아다보며
나는 나 이후의 시대 행복의 아침을 염원할 따름

마침내 나는 풀잎 끝 한 방울 이슬인가 허허공공 우주
의 티끌인가

어느 가객歌客이 지나다가
내 사연 듣고 나서 노래하기를

기구하여라 기구하여라

죽음보다
강한 삶이어라
삶보다
강한 삶의 그림자여라

부록
― 사진으로 보는 김기삼의 해적이(연보)

△ 1951년 6월 24일자 대대 부사관 송별 기념사진.
가운데 흰색의자에 앉아 있는 부관(이름 미상)의 왼쪽 같은 의자에 나
란히 앉아 있는 사람이 제2국민병 시절 김기삼(당시 소대장)이다.

△ 1951년 8월 4일자 지리산토벌대 때 동료와 함께 찍은 사진.
앉아 있는 사람이 김기삼이다. 이때는 결혼 전이었다.

△ 1951년 8월 말에서 9월 초, 아내 최중자와 결혼식날.
아래 단체 사진에서 신랑과 신부 옆에 서 있는 한복 차림의 인물들이
김기삼의 누님과 형님이다.

△ 김기삼의 명예제대증서와 상이군인회 회원증.

△ 인천에서 검침원으로 일할 때 형제 부부간 기념사진.

누님과 형님 내외분과 함께 촬영하였다. 이때 매형은 이미 돌아가신 상태였다. 한국전력 직원 배지를 찬 김기삼의 모습이 보인다.

固定간첩 2개組織 13명검거

日·北傀 왕래… 20여년 暗躍

◇朴昌錫·金鐘今일당으로부터 압수한 간첩장비와 사상교양 서적, 불기가 지급한 의류등 증거물들.

◇朴昌錫

◇郭永福

◇金鐘今

◇金己三

◇朴正煥

外航선원·福德房 위장… 韓民統에 포섭

계엄하 軍병력배치등 알려

安全기획부

光州사태관련 虛僞사실 유포도

마을금고 女經理 3천만원 가로채

원장에 기재않고 遊興費로 탕진

麻浦 蘆里洞

"숨긴 百5억원은 개인재산"

大檢 횡령증거 못찾아… 朱여인등 귀가

△ 김기삼을 고정간첩으로 대서특필한 기사(《조선일보》 1981년 4월 10일자).

결 정 통 지 서

사 건 번 호	바-4117	
사 건 명	김기삼간첩조작의혹 사건	
결정통지 대상자	■ 신청인 □ 조사대상자 □ 참고인, 기타( )	
	성 명	주 소
	김기삼	████████████████████████
결정내용	□ 조사개시결정 □ 각하결정	■ 진실규명결정 □ 진실규명불능결정

결정이유	

이 사건의 범죄사실과 관련하여, 김기삼이 1966. 3.경부터 한국전력 인천지점에 입사하여 군사시설 및 국가기밀을 탐지하였다는 허위자백 밖에 없으며, 1976. 3. 및 1978. 3. 반국가단체의 지령에 따라 동조자 포섭을 위해 "동심친목계" 가입 및 "한국전력노조 부평분회 복지부장"에 피선되었다는 점에 대한 증거로는 피해자 김기삼의 안기부, 검찰에서의 자백 외에 아무런 보강증거가 없다.

안기부 광주분실은 피해자 김기삼을 불법연행한 후, 구속영장이 발부될 때까지 52일 동안 가족 및 변호인의 접견을 차단한 채 지하실에 불법 감금한 상태에서 구타 등 가혹행위를 가하고, 피해자 김기삼에게 검찰에 가서 부인해도 소용없으니 여기서 말한 대로 이야기하라고 강요하여 허위 자백을 받아 간첩죄로 허위 조작하였음이 확인되었다. 절차적으로 김기삼이 1980. 12. 8. 안기부 광주분실에 연행되어 이듬해인 1981. 1. 17. 구속영장이 발부되기까지 약 52일간 불법 감금된 상태에서 조사받는 등, 이들 불법행위는 형사소송법 제420조 7호, 제422조 소정의 재심사유에 해당한다.

광주지검은 김기삼이 간첩혐의를 강력하게 부인하는 가운데, 안기부 수사관들이 입실한 상태에서 자백에 의존하여 형식적으로 피의자신문조서를 작성한 뒤 광주지법에 기소하였고, 안기부수사관이 교도소에 수감 중인 김기삼을 불러내어 위법적 수사를 하였음에도 이를 시정하지 않았다. 이는 국민의 인권을 보호할 공익의 대표기관으로서 책무를 저버린 처사이다.

광주지법은 피해자 김기삼이 공판과정에서 장기간의 불법감금과 가혹행위로 인해 허위 자백을 한 것이며, 간첩행위를 한 사실이 없다고 일관되게 호소하였고, 참고인들 역시 진술을 번복하였음에도 검찰에서의 허위자백을 기초로 증거재판주의에 위반하여 징역 10년과 자격정지 10년의 중형을 선고하는 위법을 범하였고, 광주고법과 대법원은가 징역 7년과 자격정지 7년의 중형을 확정하였는바, 이는 국민의 기본권 보장이라는 사법부의 책무를 저버린 처사이다.

우리 위원회는 이상과 같이 진실규명이 되었음을 결정한다.

진실·화해를 위한 과거사정리 기본법 제28조의 규정에 의하여 위와 같이 결정되었음을 통지합니다.

2008 년 2 월 13 일

진실·화해를위한과거사정리위원회

※ 통지받은 내용에 이의가 있는 경우 통지를 받은 날부터 60일 이내에 위원회에 서면으로 이의신청을 할 수 있습니다.
※ 문의할 곳 담당자: 변 상 철 전화 : 02)3406-2766

△ 김기삼간첩조작의혹 사건 진실규명결정통지서(진실·화해를위한과거사정리위원회).

재 판장님께 말씀 올립니다

진술인: 김기상 주민등록번호: ███

주소 : ███

　　　재판장님 30여년전의 상황을 말씀드립니다
제가 안기부원에게 연행되어 갈때 저의 직업은
한국전력 인천지점 부평영업소의 검침 담당원이었읍니다
1980년 8월경 저의직장상사에게 안기부원이 저을
은밀히 조사 한다는 말을 들었지만 저는 아무런 잘못이
없었으므로 별생각없이 근무하고 있었슴니 다
그런데 갑자기 1980년 12월 8일 출근길 뒷목에서
안기부원에게 연행되어 전남광주의 안기부 지하
실에 감금하고 고문하기 시작했읍니 다

1. 교촉전등불을 얼굴에 비추고 잠을 못 자게하고

2. 통닭구이고문: 사족을 묶어 철대밪 대로 끼워
　 책상사이에 매달고 야전침대 발대로 내리치기

3. 꺼꾸로 매달린채 얼굴에 수건을 씌우고 주전
　 자로 계자물을 부어 기절시키는 고문

4. 물속에 머리를 잡구고 짜누르는고문

5. 손끝, 발끝에 전기접촉 고문

6. 벌거벗겨 눈속에 묻어두기 고문하고

7. 위 어주는대로 쓰지않으면 "군병장교와
　 사병으로 있는 아들들을 옷벗기고 죄수로
　 만들겠다 여기선속에 버려도 아무도
　 모른다"등의 협박 등등

8. 옆 방에 처를 데리고 와서 고문을 하는데
　 처의 비명소리가 들렸읍니다―
　 저는 한국전쟁 때부터 대한민국을 위해 국군
　 으로 참전하여 북한공산집단과 총뿌리을

겨누고 싸웠던 대한민국의 참전용사였습니다. 자유 민주주의를 지키기 위하여 최전방에서 싸웠던 제가 어떻게 간첩이라는 것을 상상할 수나 있겠습니까 그런데도 앞서 말씀드린 가혹한 고문을 안기부수사반들로부터 당하여 억울하게 간첩으로 조작되었습니다

가혹한 고문을 견디다 못해 조사실에서 혀를 깨물고 벽에 머리를 박덩하여 자살을 시도하기까지 했습니다

억울한 누명을 쓴 채 7년간을 감옥살이 하오나 제게 주어졌던 국가유공자 자격도 박탈당했고 저의 가정과 명제는 모두 파탄의 지경에 이르렀습니다 간첩이라는 억울한 누명 때문에 취업도 쉽지 않아 고물을 줍거나 아파트경비, 청소용역 등을 하며 곤근히 생계를 유지해 왔습니다

현명하신 재판장님 이제 제 나이가 올해로 만 80세가 되었습니다 이 세상을 살아갈 날도 얼마 남지 않은 제가 백발의 흰 머리를 흩날리며 이 법정에 다시 선 이유는 단지 제가 죽기 전에 저의 억울한 누명을 벗기 위한 그 한가지 뿐입니다

현명하신 재판장님 굽어살피시어 이런 억울한 누명을 벗겨 주시어 삼십년동안의 한 맺힘을 풀수 있게 해주시기를 두손모아 빌씀드립니다

△ 진실규명 통지 이후 항소 때 제출한 김기삼의 자필 탄원서.

'간첩 누명' 쓴 김기삼씨
29년만에 무죄선고 받아

1980년 간첩으로 몰려 모진 고초를 겪은 피해자가 29년 만에 누명을 벗었다. 광주고법 제1형사부(부장 장병우)는 22일 한국전력 검침원으로 일하던 중 간첩 혐의로 기소돼 징역 7년에 자격정지 7년을 확정받은 김기삼(80)씨에 대한 재심에서 "간첩 혐의를 인정할 아무런 증거가 없다"며 무죄를 선고했다.

재판부는 판결문에서 "김씨가 안기부 광주분실 수사관 2명에 의해 체포 연행된 뒤 52일 동안 불법구금된 채 간첩행위에 대한 자백을 강요받으며 가혹행위를 견디다 못해 허위사실을 자백한 점이 모두 인정된다"고 밝혔다.

광주광역시=김성현 기자

△ 무죄 판결을 받은 뒤 눈물을 흘리는 김기삼과 아내 최중자.　ⓒ뉴시스 제공

◁ 김기삼간첩사건 무죄선고 보도 기사
《조선일보》 2009년 10월 23일자).

아버님께 올리는 편지
─막내아들 김동수 적음

이제는 듣는 것조차 힘들어하시는 아버님!

힘들다는 말 한 마디 없으셨던 강하고 강한 아버님과 어머님의 고통스럽고 잔인했던 삶을 이제는 막내도 이해하는 나이가 되었습니다. 보이지 않는 눈과 들리지 않는 귀 때문에 평생을 감추어 왔던 두려움이 당신 의지와 상관없이 튀어나오는 순간을 지켜보며 자식들은 목메고 먹먹한 마음에 눈물이 넘칩니다.

이념이 무엇인지 모르셨습니다. 어떻게 왜놈의 앞잡이들이 해방 뒤 다시 경찰이 되고 군수 장군이 되어 더 큰 학살과 보복을 했는지 아버님은 영문을 모르셨습니다. 왜 광복 다섯 해만에 남북이 탱크와 총을 앞세워 서로 전쟁을 벌이고, 왜 형제끼리, 부모자식끼리, 동창들과 친구끼리, 동네 사람들끼리 서로가 서로를 죽이겠다고 하는지, 왜 그 지경이 되었는지 모르셨습니다. 그저 가난한 집안에서 나고 자라 먹고살기 위해 갖은 고생을 하셨고, 입을 것 먹을 것 준다는 말에 군에 들어가 최전방에 나가서 한 뼘 땅을 뺏고 빼앗기기를 여러 차례, 결국 포탄을 많고 상이군인이 되셨습니다.

휴전선 철조망이 저 에베레스트산보다 더 높아지고 남북이 완전히 갈린 뒤, 자유민주주의 국가 대한민국에서는 일본군 장교로서 일본 천황에게 혈서로 충성을 맹세하고 독립군을 토벌했던 자가 국군, 남로당, 공산당을 거쳐 대통령까지 되었습니다. 그 뒤로도 또다시 총을 앞세운 별 두 개짜리 군인이 아버님이 자라고 친척들이 모여 살던 그 도시, 풍파를 헤치고 살아오던 사람들을 한꺼번에 빨갱이로 싸잡아 총질하고, 몽둥이로, 칼로 죽였습니다.

친일파 운운하는 자, 독재 운운하는 자는 모두 빨갱이라고 몰아세우는 시대에 아버님은 상이군인 증명서를 항상 주머니에 넣고 다니셨습니다. 순사인지 경찰인지 알 수 없는 사람들이 근처에 다가오면 얼른 "나 빨갱이 아니오. 대한민국 상이용사요!" 하고 먼저 증명서를 내미셨습니다. 아무 죄 짓지 않고 열심히 일하고, 봉급 아껴 모아 일곱 식구가 월세 살이 단칸방에서 세 칸짜리 산동네 판잣집으로 이사한 것이 아버님의 떳떳한 보람이고 행복이었습니다.

다 자란 큰딸 부잣집에 시집보내고 막내까지 대학에 들어간 뒤에는 그저 고생 끝내고 곱게 노년을 보내실 줄 알았습니다. 주머니에 코팅해 넣은 상이군인 증명서가, 장롱에 깊이 모셔둔 국가 유공자 표창장이, 항상 옷에 달고 다니시던 한국전력 배지가 신통방통한 부적처럼 아버님과 어머님, 자식들을 지켜 줄 것으로 믿으셨습니다. 그러나 그 부적들은 전혀 도움이 되지 않았습니다. 아버님께서 영문도 모르고 많은 사람이 죽어 간 그 도시의 빨갱이들을 선동하고 북한의 김일성에게 기밀을 넘긴 간첩이라는 죄목으로 갖은 고문을 당하고 감옥에서 8년여 한 맺힌 세월을 보내는 동안 그 부적들은 아무런 힘도 발휘하지 못했습니다.

세상천지 믿을 것 하나 없어지고, 친척이며 동료, 동네 사람들이 말 한마디 섞었다가 잡혀갈세라 근처에는 얼씬도 않는 십수년이 지나며 아버님은 용기도 자랑스러움도 잃어버리셨습니다. 빨갱이의 자식이 되어 버린 아들딸들을 보며 '죽고 싶다. 죽어야지……' 하고 한숨 속에 지내셨습니다. 이곳저곳으로 이사를 다녔지만, 이따금 넉살 좋은 정보계 형사가 집에 와 넌지시 "김기삼 씨 별일 없지요?" 하며 계속 감시당하고 있음을 알리고 겁을 주고 가면, 며칠 동안 집 밖에도 나가지 못하셨습니다. 참여정부가 시작되고 진실화해위원회가 생겨 억울한 과거를 따질 수 있게 되었어도 두려움에서 헤어나지 못하셨습니다. 이제 진짜 민주국가가 되었다는 자식들의 설득에도 아버님은 "아직 아니다. 너희들은 세상을 모른다. 모른 척하고 살아라." 하셨고, 어머님도 두 손 모아 빌면서 말리셨습니다.

어찌어찌해서 간신히 억울한 누명은 벗었지만, 아버님은 이미 쇠약하고 혼미해지신 상태로 과거의 그 두려움 속으로 빨려들어가셨습니다. 한밤중에 방문을 열고 나와 방안에 대고 "거기 침대 밑(혹은 장롱 속)에 계신 분 얼른 나오쇼! 거기 있는 줄 다 알고 있소! 나 무죄 받았소! 나 빨갱이 아니요! 빨리 나가시오!" 소리치곤 하셨습니다. 건강이 더 나빠져 병원에 입원한 뒤에도 많은 밤들을 잠들지 못하신 채 "어이쿠, 나 나가야 해! 저놈 봐라, 저놈! 나 잡아가려고 저기 움크리고 숨어 있다!", "어이쿠! 천장에서 물 쏟아진다! 어이쿠 흙더미가 무너진다! 나 파묻힌다!" 비명을 지르기까지 하셨습니다.

영영 그 공포를 떨칠 수 없을 것이라는 사실을 너무나도 잘 알고 있습니다. 돌아보면 아버님 한 분이 아닐 것입니다. 수많은 아버님 어머님이 아직 공포에서 헤어나지 못한 채 태극기와 성조기를 들고 "나 빨갱이 아니다!"를 외치고 있습니다.

아버님, 어머님, 감사합니다. 그 두려운 세상에서 살아 남으셔서 저희 남매를 키우시고, 또 손주·증손주까지 진짜 민주주의 국가에서 살게 하셨습니다. 같은 시대의 아픔을 겪으신 다른 모든 어르신들께도 감사드립니다. 그 삶을 기리며 공정한 민주 국가 대한민국이 되도록 후손들이 노력하겠습니다. 이념과 권력이 두려움을 앞세워 불의한 희생을 강요할 때, 아버님께서 평생 짊어지셨던 공포가 다시 우리들을 지배하게 하지 않도록 노력하겠습니다.

살아 주셔서, 살려 주셔서 고맙습니다.

2019년 어느 날
이제 환갑이 된 막내가 병상에 계신 아버님께 올림.